四部要籍選刊·集部

蔣鵬翔 主編

元文類

六

〔元〕蘇天爵 編

浙江大學出版社

本册目録

卷三十四

序

卷三十五

序

卷三十六

序

卷三十七

書

卷三十八

説

題跋

卷三十九

題跋

卷四十

雜著

元文類卷之三十四

元　趙郡蘇天爵伯修父編次

太原王守誠君實父較訂

序

國統離合表序　姚燧

走未壯時讀通鑑剛目書於蘇門山嘗病國統散於逐年事首不能一覽而得其離合之槩焉因年經而國緯之如史記諸表私藏諸篋遇有疑忘即是而叩無異多聞博識之見告者四十年矣是歲之秋同門

友許君得卿自金陵過宣留語再月間以示之得卿
善其非出已意而新奇爲説特抽綱目所有彙而爲
編雖刊置凡例之後猶不爲僭而挍官劉君德恭方
刊胡公讀史管見於宣庠聞之請因是工可斷手於
旬浹遂聚徽建二本重勘挍之得三誤焉其一建安
二十五年徽作延康元年凡例曰中歲改元無事義
者以後爲正其在興廢存亡之間關義理得失者以
前爲正其下注云建安二十五年改元延康考之范
史及陳志注文是漢號通鑑所書乃若曹丕稱王時

所攺者今不能悉見例云然則爲漢爲丕疑猶未決矧其時正在興廢存亡之間今以前爲正從建注二十五年其一章武三年徽大書三年後主禪建興元年建無三年餘與徽一凡例則曰章武三年五月後主即位改元建興而通鑑目録舉要自是年之首即稱建興非惟失其事實而於君臣父子之教所害甚大故今正之即是觀無三年者則昭烈爲無終獨建之失曰後主者徽建皆非嘗求其原由陳壽晋臣晋受魏禪不敢帝漢而臣魏故不曰漢曰蜀謂昭烈父

子爲先主後主通鑑因之反帝魏而主蜀後爲目録事皆書漢豈晩知其非欲正之而未及歟至綱目書出始曰漢中王即皇帝位統斯正矣而於其子獨曰後主何哉且自建興以及炎興用天子制以臨四方者實四十年鄧艾至成都書帝出降明年猶書魏封故漢帝禪爲安樂公亡國之餘且然豈於即位正始之年不帝反曰後主乎是與十四十五十六卷之起盡反凡例諸曰後主者皆溺於熟口順耳不思而失於刊正者也凡例又曰有被廢無謚者但曰帝某而

不用後人所貶之爵建興之帝未嘗被廢亦鈞於無謚者故下取晉帝奕與唐睿宗景雲二年注玄宗皇帝先天元年明年始大書玄宗明皇帝開元元年者例大書三年注帝禪建興元年明年大書帝禪建興二年庶前後叅稽可皆吻合無齟齬也又其一天寶十五載注肅宗皇帝至德元載明年惟曰二載未嘗大書肅宗皇帝至德爲無始故今於二載上加肅宗皇帝至德使得上同於開元嗚呼三者鈞失而延康之取至德之去猶皆小小何也統固在也若章武之

距建興纔三年耳遽有帝父主子之異豈不於統大有關乎故特書曰帝禪有罪走爲不韙者度不可以戶說雖面受之心不然焉或以爲知言非獨走也有見可一時之快而建興之帝亦將雪其比德失統主稱千載之耻於九原矣

序江漢先生死生

姚燧

其歲乙未王師徇地漢上軍法凡城邑以兵得者悉阬之德安由嘗逆戰其斬刈首馘動以十億計先公受詔凡儒服挂浮籍者皆出之得故江漢先生見公

戎服而髯不以華人士子遇之至帳中見陳琴書愕然曰回紇亦知事此耶公爲之一莞與之言信奇士即出所爲文若干篇以九族殫殘不欲北因與公訣蘄死公止共宿實覊戒之既覺月色爛然惟寢衣留故所公遽鞍馬周號積屍間無有也行及水裔見已被髮脫屨仰天而祝葢少須臾蹈水未入也公曰果天不生君與衆已同禍矣其全之則上承千百年之祀下垂千百世之緒者將不在是身耶徒死無義可保吾而北無他也至燕名益大著北方經學實賴明

之游其門者將百人多達材其間燧生也後不及拜其履前獲識其子卿月者七年矣凡再見之初以府僚見之洛陽雖嘗以好兄余猶未語此今以憲屬來鄧始及之且德先公不忘也燧曰嗚呼自先公言之夫既受詔出之軍中而使之死不以命非善其職且儒同出者將千數纔得如先生一人而使之泯沒無聞非崇其道此公所懼而必生之也自先生觀之孰親於其七尺之軀而大其所關人持瓦缶將敗之猶有惜而不果者必茹毒懼禍不可一日居故忍而爲

此出處非不思也中夜以興蹀膏血以鬭魑魅徑林莽以觸虎豹而始及水仰天而祝其行非不決也大思而後行行之以決則其勢多難奪於中路使非先公自行而他人赴之能捨所忍爲以回其復生之志收其已逝之魄反就是一日不可居之禍毒乎由是言之先生之死求以無辱不以全歸其生也不以有赴而以知巳此其胷中揆制一時相爲高下之權衡也然古之人爲知巳死者有之無有爲知巳而生者先生以古人所不爲者報之先公而先公所受先生

也已多矣奚德哉卿月與余相視一泫卿月歸序所與言者贈之

送宰先生序　姚燧

至元三年三月未盡之三日宰先生謂燧曰予將游秦子能序予兹行乎予掉鞅游天下殆周獨秦未嘗一至又秦士拾修撰雷君亦莫有一識子昔家秦其所忠者誰人所通信者又誰盍枚舉之予階子言一進謁之也燧曰秦固衣冠之藪澤也在燧有未遍知者焉葢年之前乎燧者率隆名碩德既幼燧而未與

之言後乎燧者燧何所慕賴乎彼而爲之伍故遺一百而得一二也請爲先王誦之有楊元父者吾師與之抗禮者也其學也粹而正其操履也堅而不渝其執親之憂也哀而禮其能也博而肆尤邃史學讀至落落奇傑之士必慷慨感激思見其人於今使先生之至不嫌於自明肯曰向之儒服登常山一言折猖狂之盜而落其角距者實予也彼有聞而不奇先生者乎雖先生夙有負氣使酒之聲彼將視爲古奇傑士之恒態必闊略而有取乎此也先生行哉其尚有

合於斯人歟又有韓邦傑劉無競呂伯充者皆吾師之弟子也年皆長於燧若韓之能官劉之天質之美呂之問學之該徹皆燧所不敢望而及計之今日呂以練服在躬未可出之二人有造先生之館煩從者爲燧一訊安焉

送雷季正序　　姚燧

燧從魯齋先生游最故且久於同門之士學爲最怠而不加進自親夏楚時猶爾況今載名仕版遠處數千里之外哉昔之怠者爲忘不加進者弛而爲退矣

宜季正之耻友而羞際予之心安焉而不敢有憾不謂徒以從游之久故願因鄙言獲進拜先生屨前嗚呼其志則勤其意則良惜所藉以爲介者非其人也是一也又先生自謝政而歸屏跡桑梓養安泉石家事不以干于心鄉人莫得見其面於時求欲如祭酒之授徒來則受之亦難也予則止之無行雖然以先生平昔樂教之心且熟予之兄伯静之名嘗哀其願見未得竟抑志以卒有弟如此篤道而善學行巳以化鄉岸然不流於今俗翹然自視以古人千里羸粮

而就正焉又觀夫人有可進成德達才之具必不拒其見也予則勸之令行且景星鳳凰之爲物人或睹之猶爲生之幸况大人君子道德之容可以興起一世仁義之言足以發揮百王者哉獲一進拜而聞其緒論必決滯爲通易暗爲明大有得於曩昔也有得而私之仁人之用心不然行哉予將須其歸而見告也至元辛巳二月吉日姚燧序

送暢純甫序　　姚燧

歐陽子爲宋一代文宗一時所交海内豪俊之士計

不千百而止及謝希深尹師魯二人者死序集古錄遂有無謝尹知音之恨嗚呼豈文章也作者難而知之者尤難歟余嘗思古之人唯其言之可以行後爲恃以待他日子雲者出將不病夫舉一世之人不余知也今乃若是亦以有知者爲快而失之爲悲歟余冠首時未嘗學文視輩流所作惟見其不如古人者雖不敢輕非諸口而亦未嘗輕是於心也過而自思人之能者余操慮持論且然余不能之何以免人無嫉賢之譏乎年二十四始取韓文讀之定筆試爲持

以示人譬如童子之鬭草彼能是余亦能是彼有是余亦有是特爲士林禦侮之一技焉耳或謂有作者風私心益不喜以爲彼忠厚者不欲遽詬斥笑姑爲是諛言以愚之不然殆鼓舞之希進其成也自是蒙耻益作既示之人且就正於先師先師亦賞其辭而戒之曰弓矢爲物以待盜也使盜得之亦將待人文章固發聞士子之利器然先有能一世之名將何以應人之見役者哉非其人而與之與非其人而拒之鈞罪也非周身斯世之道也余用是廢作有亦不以

示人純甫自言得余隻字一言不棄而錄之又言世無知公者豈惟知之讀而能句句而得其意者猶寡嗚呼世固有厭空桑之瑟而思聞鼓缶者乎然文章以道輕重道以文章輕重世復有班孟堅者出表古今人物九品之中必以一等置歐陽子則爲去聖賢也有級而不遠其文雖無謝尹之知不害於行後猶以失之爲悲下下之外豈別有等置余爲哉則爲去聖賢也無級而絕遠其文如風花之逐水霜葉之委土朝夕腐耳豈有一言之幾乎古可聞之將來乎純

甫獨信之自余不可不謂之知已足爲百年之快恐純甫由此而取四海不知言之非也然純甫實善文其不輕以出者將以今爲未集積而至於他日以騷雅末流典謨一代乎將恃夫涖民既爲循吏持憲既爲才御史富民又將爲良大農道行一時無暇於爲言乎豈以世莫已知有之而退藏於密也由積而爲書他日與道行一時無暇於爲言則可由莫已知而不出若余也雖不善文而善知文則純甫獨失人矣今以農副行田隴右於其別也叙以問之至元丁亥

亥夕姚燧書

送李茂卿序　　姚燧

大凡今仕惟三塗一由宿衛一由儒一由吏由宿衛者言出中禁中書奉行制敕而已十之一由儒者則校官及品者提舉教授出中書未及者則正錄而下出行省宣慰十分之一半由吏者省臺院中外庶司郡縣十九有半焉吏部病其自九品而上宜得者繩繩來無窮而吾應者員有盡故爲格以扼之必歷月九十始許入品猶以爲未也再下令後是增多至百

有廿月嗚呼積十年矣勞乎哉李君茂卿嘗同燧受學先師司徒公儒者也公戶部恩澤旣推其兄之子及將試吏堂帖令出掾湖廣省盈九十月將赴銓中書燧賀之曰人有不職幸不糾於御史者君以勤敹無此人有饕墨幸不罹罪罟者君以淸愼無此人有依庇有力竊竊離所事同列之懽以自求容一時幸不譴斥者君以守行不阿無此人有挾仕而商賦之州縣而倍責贏入以肥其家幸不訟於民與衆樹姻黨子弟入官以紛後至之塗幸不貶於士者君祿入

外無他營捨僕焉則顉影無朋舉無此舉無爲爲賀其可賀者諺曰兩姑之間難爲婦上政事堂下參幕多或二十人其事之來抱按求署無一可後者皆視其色聽其言動立移晷比不齟齬使馴馴如式從巳而出譬則庖人善適衆口酸醎者好之不齊然非暫也必八年之久大而經國子民細而米鹽甲兵於盡得夫人之情而孰知夫事之勢增益其所不能者不旣多乎今之老於刀筆筐篋以致達官貴人者皆下視吾縫掖以爲言濶事情而不適爲用者恃其能此

焉爾君既能之是行也以軍國公相知之有素無曰峻擢惟循所宜資亦畀善所昔也人吏之今焉吏人其留中其居外主乎聞司徒平生六經仁義之言而濟以今所能古所謂以儒術飾吏事者非君其誰哉

大德己亥秋八月上弦日姚燧書

送姚嗣輝序　姚燧

取士以文始於隋而盛於唐其法有司擇學修其家名聞其鄉者歌鹿鳴而進之朝謂之貢至則試以聲律之文中程度者謂之選猶未即得仕必待有位者

之舉猶視舉主何人或衆且賢以斷其人之材否始授之官勝國因之而小變焉選即官之惟不使得爲令必制置提刑轉運諸司五人舉始用爲令令而上郡牧侍從五府之官無不能至者則自貢而選而舉千百人不一得焉亦磽乎其艱哉吾宗嗣輝勝國選士也赫奕其時瞠後塵者千百人烏可少跂迨今歧玉聲名昭晰不可終閟猶官洪校滿秩而觀光天朝求通刺炳政之臣盧公吳公門者千百人未有一得獨於嗣輝傾身接之迎譽諸公問文云乎哉有見於

道德之實耳士而得此亦曰逢矣逢而至於達也奚啻然終不能增多其舊尺寸復調武岡益遠於洪豈兩公面是而中不力耶曰非也囿於法制之容先得之多兩公拱視不可躐其級也以故南檯安意而徃既輙燧告之曰凡今仕者聞職乎民以有治賦聽訟之事爲莫不色喜聞職乎士則以無有貢選利祿之望人怠於學虛師席而夏楚不試卒不懌乎其中嗣輝將亦若是乎盍亦思挍官風化之原治忽所寄也無遠稽古而監之今司徒文正許公微時于大名于

輝于秦于河内以倡鳴斯道爲巳任諄諄私淑少長不一其年也銳鈍不齊其材也積多至數百人聞之天聰徵爲成均俄拜左相歲餘辭免復求成均後其弟子繼司鼎鉉者將十人卿曹風紀二千石使臬錯中外者又十此焉其其於隆平之治豈不少贊乎嗣輝苟以是爲心規矩薰陶是邦之多士得其達才一二以用斯世使海内之人指而誦曰是大夫所梯接者於以亞匹吾司徒公其獲將多行矣勉事乎此嗣輝蜀人以蜀多檟木雖寓荊吳不忘其鄉號荊檟云

李平章畫像序

陛下之未出閤由李道復目侍講讀親而敬之嘗召繪工惟肖其形賜號秋谷命集賢大學士王顒大書之手刻爲扁而署其上又側注曰大德三年四月吉日爲山人李道復製至大四年辛亥春正位宸極制授道復光祿大夫中書平章政事以盡學焉後臣之義裝潢是圖塡金刻扁而摹賜號與御署卷加標軸寵耀至矣人孰與儔勑臣燧序之將俾詞臣頌歌其下而親覽焉臣聞命屏營反覆究思在昔帝王圖其

臣者商高宗之傅巖漢中宗之麒麟閣世祖之雲臺唐太宗之凌煙閣四焉耳麟閣而下皆將相之開國承家平亂亡以賛彌綸資訏謨以致隆平者傅巖不然初未有是赫赫顯烈肖其夢形求得諸野爰立作相以道復肖形可同說乎高宗圖於既王三年之後陛下則圖於未帝一紀之先其時繪工運思有所未至乎爲設色高宗於說有是乎哉斷所無者李泌從肅宗於途人指目曰黃衣者聖人也白衣者山人也已乃爲相而道復姓偶同乎泌亦曰其衣今亦已相

謂道復山人可固泌乎爲之賜號刻扁肅宗於泌有是乎哉亦斷所無者泌雖賢者而言涉神仙迂怪以故史氏短之惟說則無間然嘗考觀之古今之世相去若異帝王爲治道罔不同何則陛下所居則列聖之位也列聖君臨之中土堯舜昔嘗有也乃若高宗亦商聖賢之君耻其不爲堯舜故命說曰若今用汝作礪若濟巨川作舟楫歲大旱作霖雨作酒醴惟麯糵作和羹惟鹽梅取喻再三求其交修者皆陛下有虞道復之心今謂道復其才有足方說孰敢犯是不

韙然其所處則說地也如較其學焉後臣願說所無能求多聞以建事學古訓以道積厥躬招俊乂以列庶位對揚天子之命亦足襲說遺芳餘烈報陛下矣然非舊學之臣世不以是責難俟夫治定而功成德尊而年及或遂懸車於秋谷釣雲月以弄泉石朝堂有疑馳使諮之猶不得耑爲山人世則目曰山中宰相者所不免也是年夏五集賢大學士榮祿大夫翰林學士承旨知制誥兼修國史臣姚燧拜手稽首序

序牡丹

姚燧

余於牡丹始以中統之元見壽安紅洛西劉氏園三年見左紫洛陽故趙相南園兩花皆千葉株皆四尺壽安二十萼廣徑七寸高與之等左紫四萼八寸高等又三年見千葉狀元紅燕都故楊相大叅宅株五尺四十萼七寸高等後二十年見之長安毛氏園最多將百株株二尺少然皆單葉小大參差不齊無絶奇者後二年見玉板白洛陽楊氏欄株亦二尺少多葉十萼七寸少鄧州見三家張氏肖齋之衡山紫陳氏終慕堂之淺紅兩花皆十五葉衡紫株二尺少將

二十蕚五寸少淺紅株三尺少將五十蕚六寸少惟蕭仁卿之承顔亭白花大株三尺太可六七十蕚七寸少千葉最盛又有色緋紫碧相錯株三尺少可四五十蕚盛亞白花七寸太復有緋花株甲十蕚八寸二花皆多葉而緋花獨奇益故爲佳品今失其名者别有鶴翎紅爲千葉小株獨蕚五寸太高等佹日倈大花則隨大矣是爲鄧花之冠仁鄉舊云此洛陽壽安諸孫自余觀之大非壽安則淺紅而今名余所命之蓋即其形色近似爲言也長安洛陽諸花余忘其

香執勝萃鄧花而挍噴勃穠綿可喜如紫薇者衡紫爲第一此余生五十一年所見者然自元年至今爲廿九年其間六年六見自燕長安洛陽而至此幾數千里中元及三年與至元二十年三見洛陽爲同地至元六年十八年廿五年各一見之燕秦隥爲異地亡慮百十株而千葉名品纔四見則千葉獨難遇亦猶千人爲英萬人爲傑尤世不恒有者矧賞酬有數邪劉趙二園雖皆有酒年甚少不善飲揚大參時與先世父中書左丞同朝爲父執與之酒不敢飲毛園

時爲秦憲毛氏方業市酒纔下馬行觀擇剪數萼不飲而去楊氏欄時滿秦憲將走荆憲借居其廬客懷牢寂無誰與爲飲張齋陳堂纔持一二觴各剪一二萼特歸不名爲飲其盡醉相謹者惟承顏亭一焉而已嗚呼以齒五十一年之老行數千里之遠始觀至今二十九年之乆六年六見之稀而無負可當賞酬者醉明日仁卿求記其事余口未拒而心弗是之以爲樽爼之樂屑屑者奚足筆其夏白花忽槁死其秋回求記之予始思昔者坐斯亭也孰逆知是花旋踵不

可復見亦可謂異事也又思左紫止一株已移植嵩山廟中洛陽今亦絶聞壽安故在其玉板白及毛園百抹將如左紫移植他人邪無亦若是花之已槁死也嗚呼往者既然况來者之不可必邪細者且然况大此倍蓰十百者耶則吾平生所當勉吾身而因循弗力以去不可復追者已多也誠可爲老將至之一慨而植物之死生又不足恠也仁卿惟喜予文已記其承顔而求之屢如老父取張長史判吾特賢其以是心至而已然又益思六年之間不善飲不敢飲不

可飲與無誰與飲與不名爲飲非他葢無時人同臭味者發其極意焉耳而承顏是日則梁宣慰貢父張總管孟卿王工部景韓是皆善詩安知可爲他日故實亦未易以復得者據蘭亭例爲序惜其時無唱酬未嘗罰依金谷酒斗數也

春秋諸國統紀序

吳澂

讀三百五篇之詩曰有美有刺也讀二百四十二年之春秋曰有襃有貶也葢夫子既歿而序詩傳春秋者固巳云然則自秦漢以後之儒創爲是說也說經

而迷于是也有年矣逮自朱子詩傳出人始知詩之不爲美刺作若春秋之不爲褒貶作則朱子無論著夫孰從而正之有惑有不惑者相半也邵子曰聖人之經渾然無跡如天道焉春秋書實事而善惡形于其中矣旨哉言乎朱子謂據事直書而善惡自見其旨一也唐啖趙宋孫劉而下不泥於傳有功於經者奚啻數十家然褒貶之敝猶未悉除必待宋末李呂而後不大惑夫其所謂褒貶者以書時書日書月爲詳略其事以書爵書人書國爲榮辱其君以書字書

氏書名書人爲輕重其臣而已噫事之或時或月或日也君之或爵或人或國也臣之或字或氏或名或人也法一定而不易豈聖人有意於軒輕予奪之哉魏郡齊履謙伯恒甫之說春秋則異是不承陋襲故皆若思深究而自得内會尊周之外經書其君之卒者十八國乃分彙諸國之統紀凡二十已所持見各傳于經縷數旁通務合書法餘事闕而不錄其義視李則明決多其辭視呂則簡淨勝予之所可靡或不同間有不同亦其求之太過爾而非苟爲言也不具

九方皐相馬之眼者又烏能識之伯恒甫之篤志經學知之雖久晚年獲覩其二書之成寧不快於心歟二書謂何易春秋也

服制考詳序　吳澂

凡喪禮制爲斬齊功緦之服者其文也不飲酒不食肉不處內者其實也中有其實而外飾之以文是爲情文之稱徒服而無其實則與不服等爾雖不服其服而有其實者謂之心喪心喪之實有隆而無殺服制之文有殺而有隆古之道也愚嘗謂服制當一以

周公之禮爲正後世有所增改者皆溺乎其文昧乎其實而不究古人制禮之意者也爲母齊衰三年而父在爲母杖期豈薄其母哉蓋以夫爲妻之服既除則子爲母之服亦除家無二尊也子服雖除而三年居喪之實如故則所殺者三年之文而已實固未嘗殺也女子在室爲父斬既嫁則爲夫斬而爲父母期蓋曰子之所天者父妻之所天者夫嫁而移所天於夫則降其父婦人不二斬者不二天也降已之父母而期爲夫之父母亦期期之後夫未降服婦以除服

而居喪之實如其夫是舅姑之服期而實三年也豈必從夫服斬而后爲三年哉喪服有以恩服者有以義服者有以名服者恩者子爲父母之類是也義者婦爲舅姑之類是也名者爲從父從子之妻之類是也從父之妻名以母之黨而服從子之妻名以婦之黨而服兄弟之妻不可名以妻之黨其無服者推而遠之也然兄弟有妻之服已之妻有娣姒婦之服一家老幼俱有服已雖無服必不華靡於其躬宴樂於其室如無服之人也同爨且服緦朋友尚加麻鄰喪

里殯猶無相忤巷歌之聲奚獨於兄嫂弟婦之喪而恝然待之如行路之人乎古人制禮之意必有在而未易以淺識窺也夫實之無所不隆者仁之至文之有所或殺者義之精古人制禮之意蓋如此後世父在爲母以三年婦爲舅姑從夫斬齊並三年爲嫂有服爲弟婦亦有服意欲加厚於古而不知古者子之於母婦之於舅姑叔之於嫂未嘗薄也愚故曰此皆溺於其文昧乎其實不究古人制禮之意者也古人所勉者喪之實也自盡如已者也後世所加者喪之

文也可號於人者也誠僞之相去何如哉每思及此而無可與議豫章周成大服制考詳可爲究心於禮矣嘉其有補世教因附愚說於其篇端俾後世之知禮者講焉

陸象山語錄序

吳澂

青田陸先生之學非可以言傳而學之者非可以言求也盱江舊有先生語錄一編所錄不無深淺之異此編之首乃其高第弟子傅季魯嚴松年之所錄者澂嘗讀之先生之道如青天白日先生之語如震雷

驚霆雖百數十年之後有如親見聞也楊敬仲門人陳塤嘗鋟版貴溪象山書院至治癸亥金谿學者洪琳重刻于青田書院樂順携至京師請識其成嗚呼道在天地間今古如一人人同得智愚賢不肖無豐嗇焉能反之於身則知天之所以與我者我固有之不待外求也擴而充之不待增益也先生之教人蓋以是豈不至簡至易而切實哉不求諸我之身而求諸人之言此先生之所深閔也今之口談先生心慕先生者比比也果有一人能知先生之學者乎果有

一人能爲先生之學者乎嗚呼居之相近若是其甚也世之相去若是其未遠也可不自愧自惕而自奮與勿徒以先生之學付之於其言也

元學文藁序序　吳澂

儒者以文章爲小伎然而豈易能哉能之不易而或視以爲易焉昌黎韓子之所不取也且其爲不易何耶未可以一言盡也非學非識不足以厚其本也非才非氣不足以利其用也四者有一之不備文其能以純備乎或失則易或失則艱或失則淺或失則晦

或失則狂或失則萎或失則俚或失則靡故曰不易能也學士清河元復初自少負才氣蓋其得於天者異於人而又浸浸乎羣經蒐獵乎百家以資益其學增廣其識類不與人相同既而任於內外應天下之務接天下之人其所資益增廣者又豈但紙上之陳言而已故其文說去時流畦徑而能進古作者之道正矣而非易奇矣而非艱明而非淺深而非晦不狂亦不萎不俚亦不靡也登昌黎韓子之堂者不於斯人而有望歟予與之交也久今由湖廣參政赴集賢

學士之召與予遇於江州出示近藁三帙所得有加於前予非能文者喜談文者也於斯時也而有共談之人如之何而不喜也雖然無迷其途無絶其原願共服膺韓子之言以終其身

別趙子昂序　　吳澂

盈天地之間一氣耳人得是氣而有形有形斯有聲有聲斯有言言之精者爲文文也者本乎氣也人與天地之氣通爲一氣有升降而文隨之畫易造書以來斯文代有然宋不唐唐不漢漢不春秋戰國春秋

戰國不唐虞三代如老者不可復少天地之氣固然必有豪傑之士出於其間養之異學之到足以變化其氣其文乃不與世而俱今西漢之文最近古歷八代浸敝得唐韓栁氏而古至五代復敝得宋歐陽氏而古嗣歐而興惟三曾二蘇爲卓之七子者於聖賢之道未知其何如然皆不爲氣所變化者也宋遷而南氣日以耗而科舉又重壞之中人以下沉溺不返上下交際之文往往沽名釣利而作文之日以卑陋也無怪其間有能自拔者矣則不繇麻不穀粟而繝

毯是衣蜆蛤是食倡優百態山海百恠畢陳迭見其歸欲爲一世所好而已夫七子之爲文也爲一世之人所不爲亦一世之人所不好志乎古遺乎今自韓以下皆如是噫爲文而欲一世之人好吾悲其文爲文而使一世之人不好吾悲其人海內爲一北觀中州文獻之遺是行也識吳興趙君子昂於廣陵子昂昔以諸王孫負異材丰度類李太白資質類張敬夫心不挫於物而所養者完其學又知通經爲本與余論及書樂識見敻出流俗之表所養所學如此必不

變化於氣不變化於氣而文不古者未之有也子昂亟稱四明戴君戴君重廬陵劉君鄱陽李君三君之文余未能悉知果一洗時俗所好而上追七子以合於六經亦可謂豪傑之士已余之汨沒豈足進於是哉每與子昂論經究極歸一子昂不予棄也南歸有日詩以識別

畸人坐書癖殊嗜流俗笑解弦三十秋已矣鍾期少近賦遠遊篇上下四方小識君維揚驛玉色天下表伏梅千載事疑讞一夕了詩文正始上白晝雲龍矯

樂經久淪亡黍管介毫杪瑟笙十二譜若志諧古調
科蚪史籀來篆隸楷行草字體成七家落筆一如掃
草木蟲魚影自植自飛跳曲藝天與巧誰實窺奧窔
肉食肉眼多按劍橫道寶鶴書徵爲郎瑚璉愜清廟
班資何足計萬世日厲杲蹇蹇騖十駕天下君與操

送盧廉使還朝爲翰林學士序　吳澂

澂往歲北行徵中州文獻東人往往稱李徐閻衆推
能文辭有風致者曰姚曰盧而澂所識惟閻盧二公
焉閻踵李徐爲翰林長盧公由集賢出持憲湖南繇

湖南復入爲翰林學士夫翰林之職自唐宋至于今壹所以寵異儒臣也公之文名天下莫不聞豈以寵異之數而爲輕重哉是蓋未足以爲公榮也然而有可以爲天下喜者何也國有大政進儒臣議之此家法也公事先皇帝爲親臣三十年朝夕近日月之光朝廷事宮禁事耳聞而目見熟矣凡宏規遠範深謀密慮有人不及知而公獨知之者事或昔不然而今然苟有議公援故事以對言信而有證聽者樂而行者不疑其與疏逖之臣執經泥古師心創説而於成

憲無所稽者相去萬萬也詩曰維今之人不尚有舊謂其明習舊事者也儒之爲天下貴也用之而有益於斯世也若曰是官也職優而地散秩崇而望清步趨襜如言論淵如炳如也鏘如也如華蟲黼黻如玉磬琴瑟干以儀天朝瑞盛世而已及當世事則曰夫旣或治之又奚庸間公不如是也而亦非天下士所望於公也

送何太虛北遊序　　吳澂

士可以游乎不出戶知天下何以游爲哉士可以不

游乎男子生而射六矢示有志乎上下四方也而何可以不游也夫子上智也適周而問禮在齊而聞韶自衛復歸於魯而後雅頌各得其所也矣子而不周不齊不衛也則猶有未問之禮未聞之韶未得所之雅頌也上智且然而況其下者乎士何可以不游也然則彼謂不出戶而能知者非歟曰彼老氏意也老氏之學治身心而外天下國家者也人之一身一心天地萬物咸備彼謂吾求之一身一心有餘也而無事乎他求也是固老氏之學也而吾聖人之學不如

是聖人生而知也然其所知者降衷秉彝之善而已若夫山川風土民情世故名物度數前言往行非博其聞見於外雖上智亦何能悉知也故寡聞寡見不免孤陋之譏取友者一鄉未足而之一國一國未足而之天下猶以天下爲未足而尚友古之人焉陶淵明所以欲尋聖賢遺跡於中都也然則士何以不游也而後之游者或異乎是方其出而游乎上國也奔趨乎爵祿之府伺候乎權勢之門搖尾而乞憐脅肩而取媚以僥倖於寸進及其既得之而游于四方也

豈有意於行吾志哉豈有意於稱吾職哉苟可以欲攘其人盈厭吾欲囊橐既充則洋洋而去爾是故昔之游者爲道後之游者爲利游則同而所以游者不同余於何弟太虛之游惡得無言乎哉太虛以穎敏之資刻厲之學善書工詩綴文研經修於已不求知於人二十余年矣口未嘗談爵祿目未嘗覩權勢一旦而忽有萬里之游此人之所怪而余獨知其心也世之士操筆僅記姓名則曰吾能書屬辭梢協聲韻則曰吾能詩言語布置粗如往時所謂舉子業則曰

吾能文闔門稱雄矜已自大醯甕之雞坎井之蛙蓋不知甕外之天井外之海爲何如挾其所已能自謂足以終吾身沒吾世而無憾夫如是又焉用游太虛肯如是哉書必鍾王詩必陶韋文不柳韓班馬不止也且方窺測聖人之經如天如海而莫可涯詎敢以平日所見所聞自多乎此太虛今日之所以游也是行也交從日以廣歷涉日以熟識日長而志日起跡聖賢之跡而心其心必知士之爲士殆不止於研經綴文工詩善書也聞見將愈多而愈寡愈有餘而愈

不足則天地萬物之皆備於我者眞不可以出戶而知是知也非老氏之知也如是而游光前絶後之游矣余將於是乎觀澂所逮事之祖母太虛之從祖姑也故謂余爲兄余謂之爲弟云

元文類　卷三十四　三九　修德堂

元文類卷之三十五

元　趙郡蘇天爵伯修父編次

太原王守誠君實父較訂

序

吳幼清先生南歸序

元明善

上守大寶之八年用大臣薦起臨川布衣吳先生應奉翰林文字大夫士相與舉手交慶曰朝廷不靳官賞遠下林莽高人端士自蔽於不耀之地者回將撫抱振迹而興矣賢能並用則治具張治具張則太平

之象見是故一事得天下之人莫不策厲以自頓一事失天下之人亦莫不沮喪以相吊舉措不可不慎也如此此夫或曰吳先生居於深山曠澤之間五十餘年耕釣以供衣食無所仰給於人其氣淵朗而和粹其學正大而明溥憺然怡然游心於詩書之苑殆以是終其身者能爲一官而起邪或曰朝廷清明天人相協民物安阜制禮作樂政當今日思得博碩隆古之士揖讓贊襄於其間不果於忘世不必於售巳道足行於一家達可行諸天下者易之義也吳先生明

易者也殆以是促裝速駕就道疾驅詎肯焦槁林壑而爲一夫之事邪命下之明年冬執事者以官曠别授而先生乃始至大夫士相與議曰内翰須賢而得遺逸興治會才而旁遠陋嘗相與慶之今若此又何也葢虚位以待士者朝廷之寬典也遲命以避賢者先生之盛心也非皷禄以給士也而以行人爲急非嫌官以慢上也而以讓賢爲尚予辭無慊不兩得歟或必其不來或必其速來皆非深知先生者也居京三月却迹治歸去來容與若無足動其心者不矯抗

以干名不奔趣以射利嗚呼其有道之士哉於先生之歸也乃序其所以來

送馬翰林南歸序　元明善

上患吏弊之深以牢也思有以抉而破之於是考取士之法倣於古而不戾於今者乃設兩科以待國之士諸國士漢士江南士第一名品第六第二名品第七天下翕然以應英翹之士被鄉薦而會試南宮者百三十五人雍古士馬君伯庸巍然在一科之首及廷對大策復在第二於是聲震京師出則群人爭先

覯焉既而官之曰應奉翰林文字承事郎同知制誥兼國史院編修官而其弟祖孝亦以科名得陳州判官吁榮矣哉來告余以歸省其母又以余忝在試官之末求言以華其歸伯庸之名顯於天下垂於後世歸不待余言而華也雖然竊有告焉余侍臣也每聞上旨無或不在儒者有曰儒者守綱常如握拳然嫌者曰俗儒遷闊多窒有曰處大事立大議則吏不被能也乃黠吏者之秩而發其機牙峻之隄防風俗爲之一變若曰吾將收儒之效矣黠者曰尚相覯彼儒

之所爲噫爲而輩者不其殆哉夫儒效不易立也不效則將孤所望孤所望且將疑爾儒之不足恃也扼掔泄憤乘隙而攻者林林也而輩之被攻踣者一人孤上之人之望而疑爾儒也吾且奈何今郎官守慎勿挾所得恃所眷賚出幾微於辭色而所誦之書不有有司之事乎卿大夫之職乎宰相之業乎毋慕高遠毋忽卑近盡心於其所試而我者湛乎其中存夫如是何患乎儒之效不立哉余之告伯庸者止矣兄弟以爲然不然歟然之則出以示而同年進士嘗試

自勉又何患吏弊之深者不抉而牢者不破耶

雲南志略序　　虞集

京師西南行萬里爲雲南雲南之地方廣萬里在憲宗時世祖帥師伐而取之守者弗能定既即位於海内使省臣賽天赤往撫以威惠浴其俗而導之善利塡以親王貴人者四十年方是時治平方臻士大夫多材能樂事朝廷不樂外官天子閔遠人之失牧也常簡法增秩優以命吏而爲吏者多徼倖器名無治術無惠安遐荒之心禽獸其人而漁食之無以宣布

德澤稱旨意甚者啓事造釁以毒害賊殺其人其人故暴悍素不知教寃憤竊發勢則使然不然惡生樂死夫豈其情也哉嗟乎昔者簞壺迎傒之民日以老死且盡生者格於貪吏虐師以自遠於恩化其吏士之見知者無所建白而馭於中者又不識察其情狀一隅之地常以爲中國憂而論治卒未究其故不亦悲乎河間李侯景山由樞庭宣慰烏蠻烏蠻雲南一部也始下車未及有所施會群蠻不靖巡行調發餽給塡撫周履雲南悉其見聞爲志略四卷因報政上

之余嘗按而讀之考其生産風氣服食之宜人物材力愚智勇怯山川形勢之阨塞要害而世祖皇帝之神威聖略槩可想見未嘗不俯伏而感嘆也其志曰張喬斬姦猾長吏九十餘人而三十六部盡降諸葛孔明用其豪傑而財賦足以給軍國史萬歲貪賂隨服隨叛梁毗一金不取酋長感悦李知古以重賦僇尸張虔陀以淫虐致亂此於事至較著明白者也其術不甚簡易乎有志之士尚有所覽觀焉至讀其記行諸詩必有悲其立志者矣

杜詩纂例亭

虞集

昔夫子作春秋因魯史之舊文據事直書而已善學者以其屬辭比事而觀之得其筆削之故則聖人之意庶幾可見於千載之下焉是故杜預因左氏之傳陸淳因啖趙之説皆纂爲例以著之是或求經之一道也然而聖人之筆如化工之妙初未嘗立例而爲文也學者設此以推之耳至於詩亦然出於國人者謂之風出於朝廷公卿大夫者謂之雅用之宗廟郊社者謂之頌其別不過此三者而已其義則有比興

賦之分焉詩人作詩之初因其事而發於言固未嘗自必曰我爲比我爲興若賦也成章之後亦無出於三義之外者故學者不得不以例而求之此亦例之所由纂所謂譜者是也中居公以直節高義在至元中爲名御史其所樹立固不止乎文字之末然獨好杜工部詩諷誦之久又取其一篇一聯一句一字可以類相從者錄之以爲纂例其亦好之篤而求之詳已乎其子駉手其遺書以示集俾序其故焉子故引先儒之考於詩春秋者以比之而又爲之言曰杜詩

之體衆矣而大槩不過五言七言爲句耳虛實相因輕重相和譬之律呂定五音焉至於六十盡矣又極之於二變焉至於八十有四而盡矣不能加七音以爲均也然則五言七言之句固可以例盡也至若一字之例譬如槖之鼓籥之吹戶之樞虞之機虛而能應動而有則變通轉旋實此焉出類而數之不已備乎或曰詩家之妙乃在於嗟嘆味歌之間以得乎溫柔敦厚於優游淫佚之表今句比而字舉果其道乎則應之曰具波磔點畫之文則可以成字八法具而

書之精妙著矣未有失八法而可以爲佳書者也耳目鼻口之用則可以成人百體從而人之神明完矣未有隳一體而可爲全人者也然則例之爲說詎可廢乎嘗有問於蘇文忠曰公之博洽可學乎曰可吾嘗讀漢書矣蓋數過而始盡之如治道人物地理官制兵法貨財之類每一過專求一事不待數過而事事精覈矣參伍錯綜八面受敵沛然應之而莫禦焉文忠之學未始果出於此要之讀書之良法也故覩乎杜詩纂例而深有槩於子東焉善讀書者能如中

屠公之於杜詩卽文忠公之於漢書也顧學者推此說以爲凡讀古書之法焉其精博可勝言哉然則申屠公豈止有功於杜詩而已乎駉淸介有守於義勇爲文學之事於詩尤長固有所受哉

南昌劉應文文藁敘　　虞集

江西之境其山奇秀而水淸瀉委折演注至於南昌則山益壯水益大故生人稟是氣者多能文章而其爲文又能脫略其鄙樸之質振作其委靡之體故言文者未有先於江西然習俗之獘其上者常以怪詭

險溢斷絶起頓揮霍閃避爲能事以竊取莊子釋氏緒餘造語至不可解爲絶妙其次者汎取耳聞經史子傳下逮小説無問類不類剿剽近似而雜舉之以多爲博而蔓延草積如醉夢人聽之終日不能了了而下者廼突兀其首尾輕重其情狀若俳優諧謔立此應彼以文爲事嗚呼此何爲者哉大抵其人於學無所聞於德無所蓄假以文其寡陋而從之者亦樂其易能無怍其禍之至此不可收拾也嗚呼爲文章者未暇縱論古今天下也卽江西論之歐陽文忠公

王文公曾南豐非其人乎執筆之君子亦嘗取其書而讀之凡已之所爲合於此三君子否也苟不合則已之謬可知已而曾不出此何也蓋三君子之文非徒然也非止發於天資而已也其通今博古養德制行所從來者遠矣宜乎樂爲寡陋而爲能者不知思也此三君子之文猶不足以知之況三君子之上有當知者尚遠也豈復知之乎如此而欲以文自命則亦惜乎秀氣之委者矣悲夫豈獨學者之咎哉豈獨學者之咎哉南昌劉君資深少於余一歲相好也不

遠萬里以其子應文之文來教觀資深之意深有望於其子矣余觀應文之筆端清而不險徤而不怒其連中於有司而分教一郡宜矣信乎山水秀潤之所鍾者設有可望者也然余閱之傳曰觀乎會通以行其典禮非觀乎會通則固陋而已夫正其所已能而追其所未能君子之道也余僑居江西二十年矣是亦江西之人於江西得無情乎矧吾友人之子余安得不以憂吾江西之文敝者而吾之應文顧應文之勉之也

安先生文集序　虞集

默菴集者詩文凡若干篇稾城安君敬仲之所作與門人趙郡蘇天爵之所輯錄者也既繕寫乃來告曰昔容城劉靜修先生得朱子之書於江南因以之遡乎周邵程張之傳以求達夫論語大學中庸孟子之說古所謂聞而知之者此其人歟聞其風而慕焉者敬仲也與靜修之居間數百里耳然而未嘗見焉徒因其門人烏叔備承問其說以爲學則是敬仲之於靜修蓋亦聞而知之者乎願序而傳焉嗟呼知之爲

知有未易一槩言者聖賢之道大矣世之豪傑能因其才識之所至而知其所及者其人豈易得哉昔者天下方一溯南會同縉紳先生固有得朱子之書而尊信表章之者今其言衣被四海家藏而人道之其功固不細矣而静修之言曰老氏者以術欺世而自免者也陰用其説者莫不以一身之利害而節量天下之休戚其終必至於誤國而害民然而特立於萬物之表而不受其責焉而自以孔孟之時義程朱之名理自居而人莫知奪之也觀其考察於異端幾微

之辨其精如此則其下視一世之苟且汙濁者不啻蠛蠓之細犬彘之穢豈不信然敬仲氏終身師慕之則其所見何可量哉然靜修門人嘗有與予同爲國學官者從問其師說不予告也退而求諸其書見其告先聖文曰因蚤躁狂若將有志中實脃屈未立已頽揆厥無成實由貪懦時馳意去凜不自容顧念初心怳焉如失觀乎此言則靜修道德之所至可見矣噫吾道之大豈委靡不振闒茸依託者所可竊假於斯哉豈必有振世之豪傑而後可也以予觀于國朝

混一之初北方之學者高明堅勇孰有過於靜修者哉誠使天假之年遜志以優入不然使得親炙朱子以極其變化充擴之妙則所以發揮斯文者當不止是哉又嘗求敬仲於其書矣其告先聖文曰追憶舊聞卒究前業灑掃應對謹行信言餘力學文窮理盡性循循有序發軔聖途以存諸心以行諸已以及諸物以化於鄉然則敬仲得於朱子之端緒平實切密何可及哉誠使得見靜修廓之以高明厲之以奮發則劉氏之學不旣昌大於時已乎惜乎靜修旣不見

朱子而卒仲又不獲親於靜修二君子者皆未中壽而卒豈非天乎予與敬仲年相若也少則持未成之學以出及粗聞用力之要而氣血向衰凜然有不及之歎視敬仲之蚤有譽於當世寧無慨然者乎若蘇生之拳拳於其師之遺書如此亦可見其取友之端矣是皆予之所敬畏而感發者故題以爲辱也

汪氏勳德錄序　　虞集

國家能興朔漠威行萬方金源日蹙吏士守者或降或死且盡不能成軍山東西之間豪傑並起據保城

壁大抵非金署置之舊隴右鞏昌汪氏據高制遠統郡縣數十勝兵數萬號曰便宜都總帥柵石門爲金守三世及我兵攻鞏昌則金亡已三歲矣汪氏猶未忍降其士大夫皆曰君死國亡民將安歸乃縞素爲金發喪登陴哭三日因皇子闊端以自歸大宗皇帝察其誠仍以爲便宜都總歸鎮故地取蜀之役資糧甲兵之賦終始畢給功多之紀他將鮮儷焉此諱世顯者所以封隴右王也王有子七人孫十有九人多居將相官封公者九人傳五世兄弟子孫百八十餘

人總軍華昌者旣世其職餘多入官尤顯者今御史中丞壽昌也其兄成都萬戶嗣昌曰世荷國恩功業在盟府褒卹有制詔世次且請牒行事歲月則有先塋家廟之碑文在請輯錄刻摹以傳於世諗諸太史太史虞集曰予觀于功臣之家以世業顯融者固多得統其君軍世守其地者惟汪氏或曰道家忌三世爲將汪氏之德必有大過人者眞可信歟予故以爲汪氏之德先人事故主無憾見信國家非他人所得而及也歟

羅氏族譜序

虞集

世有爲譜系於其家者獨眉山蘇氏書法最具其詳畧遠近親疎之殊可引而觀也後之爲譜者必稽焉今豫章羅氏族譜斷自崱以下凡十有五世分十八派合其族子弟千百人夫定其可知而不妄援於已遠詳其所至而不輕遺於已疎所謂質而不誣詳而有序者庶幾得之然予竊觀其數世之間偉然以科第自致仕宦至郡守有聞人當時者相望可謂盛哉及其末也去爲老佛之徒或不得其名而姑次其甲

乙甚者或無以爲繼亦足慨然矣嗟夫盛衰之相形盈虚之迭至彼十百人之者其初一人之身也豈其一人之身而福澤所沾被有鍾於此而遺於彼者則其理吾有所不知者矣古者天子之廟七諸侯五大夫五適士二庶人祭於寢聖人之心亦豈不欲夫士庶人者皆有以推其烝烝之孝上及其遠始曾高之祖而無所間歟其貴賤貧富尊卑之殺有不容不然者矣彼其立爲大宗之法有百世不遷之議者葢必天子諸侯之家爲然它非所可及也故宗廟墳墓以

系之冠婚喪祭以合之紀之以昭穆氏族養之以采地租稅又爲三宥制刑以致其嚴凡其宗族子弟之賢者必薦之以爲諸侯卿大夫士而其不肖者莫不資於上以自養而不必有流離淪替之憂然則雖百世可也今吾黨以布衣薇蕨之約顧能記錄其族從至於十餘世而不止豈非用心之厚者哉然於祭而無其禮也於親而無以合也抑亦姑使其後之人知其身之所自而不忍於自棄而已嗟乎其亦可以有所感也夫

蔡孝子詩序

虞集

禮之起其初蓋緣人情而聖人節之以天理之攸當而定之使之質不過於鄙野文不至於虛浮如是而已矣今有能緣情以盡其心若楊州孝子蔡夢祥者宜在乎君子之所取也蓋昔有丁蘭者傷親殁而不得見刻木象而事之飲食溫清奉之若生存夢祥慕焉其父殁廬墓三年刻木象父事之母殁亦刻木象母事之自閭里郡縣咸共驚異部使者覆實有司上其事朝廷再表其門曰蔡孝子之門古者親喪未斂

刊鑿木而爲之重旣塈作主而事之曰是神明之所依也其制可得而言矣葢以栗若堅木爲之員其首象天也方其趺象地也陷其中象其心之虛其題之以其姓若諱竅其兩旁當其長三分之一若以通神明之出入也題其面曰某親某官封之主儒先君子率是而行之葢求之至而議之精矣故昔有畫像而祭之者旣而曰一鬚髮之不似則爲它人矣於是不復用然後知主道之所以爲盡善也是故其將祭也必先齊焉思其居處笑語所耆若將見之及祭而後

奉主以出炳膋灌鬯求之以形氣者微矣有尸有祝求之以神明者著矣既祭則藏之言不可褻也一之以神道則已疏一之以人道則近於不知故曰生事之以禮死葬之以禮祭之以禮而孝子之道備矣先王之制禮可攷也而近世學不講公卿大夫之貴官室擬王者而祖考無所於食淫神異鬼則象而事之而祖考之神明無所合依也則孝子之爲木象也幾王道矣緣其情之所起而知進於禮則孝子誠足以爲天下勸哉蔡父濟當天兵渡江時常率泰興江陰

之民迎河南武定王之軍後有戰功遂歷泰興尹泰州監使以殁夢祥以宣命爲河南投下管民總管云大夫君子賦詩美孝子太常博士虞集爲之序

兩尹先生慶九十壽詩序　虞集

會川兩尹先生伯仲同以巳亥歲正月一日生至今泰定丁卯皆九十矣而彊健聰明二公如一其二季亦各八十餘昆弟之子總九人諸孫十八人曾孫又十數人家庭之間慈孝愛敬藹如也丞相長史憕伯氏之孫也來語集曰昔翁之歲八十也子常序其事

以啓群公之賦詠當時榮之至今傳焉今茲又十稔矣起居飲食不減於昔年朔旦之吉子孫親戚閭里舉酒爲壽自州郡長吏與大夫士之家居者父老幼稚咸集莫不歆羨而頌禱焉誠不可以無述子爲我復爲之可乎集曰昔之壽朋見詠於詩人久矣其後或相與高隱於深山之中而精神風采足以聳動乎朝廷或名遂身退於既老之日而盛德雅望足以敦厚其風俗著在信史見乎詠誦以爲一代之良羨者人人知之然而其人不必出於一家其生未必同於

一日則尹氏之異可不重紀乎且夫太平之世物亦有盛而異者矣若嘉禾之同穎瑞木之連枝世猶或喜傳而樂道之况尹氏之人瑞乎且夫和氣之應而嘉瑞生焉人物固無以大相遠也然而草木之偶見於年歲之間者其可與生人之盛同日而語乎吾嘗上遡二翁始生之年國家方得中原未數歲也甲兵未盡息呻吟未盡起也而渾厚淳固之氣已潛復於摧傷零落之餘其見於人物之生者已有若二翁之盛身受安樂共養以觀乎列聖百年之治平謂之偶

然可乎噫觀物者常因生人之盛而推考太平之始則必自斯翁矣善頌者常目一家之善而推本聖代之昌亦必自斯翁矣集也屬書東觀敢不具錄乎

送李擴序　虞集

國學之置肇自許文正公文正以篤實之資得朱子數書於南北未通之日讀而領會起敬起畏及被遇世祖皇帝純乎儒者之道諸公所不及也世祖皇帝聖明天縱深知儒術之大思有以變化其人而用之以爲學成於下而後進於上或疏遠未即自達莫若

先取侍御貴近之特異者使受教焉則效用立見故文正自中書罷政爲之師是時風氣渾厚人材樸茂文正故表章朱子小學一書以先之勤之以洒掃應對以折其外嚴之以出入游息而養其中掇忠孝之大綱以立其本發禮法之微權以通其用於是數十年彬彬然號稱名卿材大夫者皆其門人矣嗚呼使國人知有聖賢之學而朱子之書得行於斯世者文正之功甚大也文正没國子監始立官府刻印章如典故其爲之者大抵踵襲文正之成跡而已然余嘗

觀其遺書文正之於聖賢之道五經之學蓋所志甚重遠焉其門人之得於文正者猶未足以盡文正之心也子夏曰君子之道孰先傳焉孰後倦焉程子曰聖賢教人有序非是先教以近者小者而不教之遠者大者也夫天下之理無窮而學亦無窮也今日如此明日又如此止而不進非學也天下之理無由而可窮也故使文正復生於今日必有以發明道德之蘊而大啓夫人心之精微天理之極致未必止如前日之法也而後之隨聲附影者謂修詞申義爲玩物

而從事於文章謂辯疑答問爲躐等而姑因其師長謂無所猷爲爲涵養德性謂深中厚貌爲變化氣質是皆假美言以深護其短外以聾瞽天下之耳目内以蠱晦學者之心思此上負國家下負天下之大者也而謂文正之學果出於此乎近者吳先生之來爲監官也見聖世休明而人才之多美也慨然思有以作新其人而學者翕然歸之大小如一於是先生之爲教也辨傳註之得失而達群經之會同通儒先之戶牖以極先聖之閫奥推鬼神之用以窮物理之變

察天人之際以知經綸之本禮樂制度之具政刑因革之文考擴援引博極古今各傳其當而非誇多以穿鑿靈明通變不滯於物而未嘗析事理以爲二使學者得有所據依以爲日用常行之地得有所標指以爲歸宿造詣之極噫近世以來未能或之先也惜夫在官未久而竟以病歸嗚呼文正與先生學之所至非所敢知所敢言也然而皆聖賢之道則一也時與位不同而立教有先後者勢當然也至若用世之久速及人之淺深致效之遠近小大天也非人之所

能爲也僕之爲學官與先生先後而至學者天資通塞不齊聞先生言或略解或不能盡解或暫解而旋失之或解而推去漸遂退而論集於僕僕皆得因其材而達先生之說焉先生雖歸祭酒劉公以端重正大臨其上監丞齊君嚴條約以身先之故僕得以致其力焉未幾二公有他除近臣以先生薦於上而議者曰吴幼清陸氏之學也非朱子之學也六合於許氏之說不得爲國子是將率先天下而爲陸子靖矣遂罷其事嗚呼陸子豈易言哉彼又安知朱陸異同

之所以然直妄言以欺世拒人耳是時僕有孤立不可留未數月移病自免去鄧文善之以司業召至會科詔行善之請改學法其言曰今皇上責成成均至切也而因循度日不惟疲庸者無所勸而英俊者摧敗無以見成效議不合亦投劾去於是紛然言吳先生七不可鄧司業去而投劾爲矯激而僕之謗尤甚悲哉歸德李擴事吳先生最久先生之書皆得授而讀之先生又嘗使來授古文故於僕尤親近去年以國子生舉今年有司用科舉法依條試之中選將命

以官閒來謁曰比得官猶歲月間且歸故鄉治田畝益得温其舊學請一言以自警會僕將歸江南故略敘所見以授之使時觀之亦足以有所感而興起矣

送彰德路經歷韓君敘　虞集

木之爲器以利民用者非生而成形也欲圓者取以爲規欲方者取以爲矩居者取以爲屋室行者取以爲舟車揉之爲弧矢屈之爲杯棬惟其有是材也因夫人之所急定之爲器以致用焉人亦猶是矣其生也初未有士農賈吏之名儒墨名法之習也時有所

尚則群趨之時尚黃老則趨黃老時尚申韓則趨申韓時尚儀秦則趨儀秦尚風節則有黨錮尚標致則多清談非生而然也時之所尚人之所趨則豪傑者必爲之先故尚黃老則人材出黃老尚申韓則人材皆申韓尚儀秦則人材多儀秦黨錮之禍多奇節清談之流俱雅人非此數者之能爲人材也豪傑者趨其所尚而表表然出乎其間矣國朝之始定中原也其先離亂傷殘之日久矣老儒學士幾知晨星末之爲繼而天下初定圖籍文書之府戶口阸塞之數律

令程章之故會期征役之當趨赴奉承之勞益必有足其用者焉而操他業者不得與於此也於是貴富之資公路之選胥此焉出矣然此豪傑之士舍此奚進哉豪傑由是而進則名是業者沛然足以周當世之用也無疑矣邇者聖上嘉尚儒學而爲儒者或以迂緩巽懦取訾笑嗟夫非儒者之不足用也儒之名久不振非有特立獨行之識量不足以究其至而世之所謂豪傑有貴富公卿之器以足用於世者不屑爲是名故也誠使一日表章之則向之所謂豪傑有

貴富公卿之器以足用夫世者必拆而從此矣果拆而從乎此則其業之所講志之所存術之所操豈不益有可觀者哉故愚嘗以爲人非生而有習業之專名也時尚有以驅之耳必也端其尚而正其趨使大人繇經術道誼以達其材而廣其用則未必徒見表於書計便給而已也京師自昔稱浩繁而今尤盛爲吏者數號精敏猶或不紛然府總其大而已身親治之者廼在所謂警巡使使之佐曰判官尤責任之蘩委者也衛輝韓君守敬自刑曹以明法成名來爲之

恢恢乎其有餘也政成成選爲中都開寧尹又選爲彰德路總管府經歷余嘗觀於其材葢練於事而敏於成功者也使賛畫諾於臺省猶優爲之况一郡乎信乎人君之不徒見也余爲成均博士時其子豫鄒國子生選爲監學典籍從余且久君之適相也來求序其事以徵詩於大夫君子能賦者必有以賛其行矣

送冷敬先序　虞集

初集從親僑居於大江之西當干戈甫定故家舊族雖可指數而子孫漸就流散卓然不泯其世者葢甚

少也大德中集始來京師江左耆舊盡名故國衣冠之裔同仕於朝者則有永嘉鄭公兄弟新安汪君漢卿都昌曹君伯明與今翰林待制四明袁君伯長數人而已今十餘年獨集與袁公猶在於此最後至者得冷君敬先亦令族也嗚呼昔者大夫士懇懇於詩書禮義之尚其澤未必若是易斬然也氣之興衰時之得失殆有使之者不然則隱去而未章者尚多有之也嗚呼國朝興王之初其勳勞功多之大臣天下所共仰曾未數十年而一日勃然赫然以貴顯者未

必皆其子孫也況欲責諸寥寥異世之墜緒者哉雖然德盛者福澤常深遠材薄者傳委常短近則固可信而不誣者也惟冷氏世望豫章自經略公事業表表當世而縣令君遺事見今禮部元尚書所撰墓碑者可傳信是以敬先溫溫儒雅有退讓之風非朝夕之積者矣夫天下之美才適一時之用者豈必皆不自特起而君子之觀人尚論其世者忠厚之道也敬先髮仕而遽歸士君子愛而勉之者皆爲詩以爲贈而集竊有感焉故又著其說以爲敘

元文類卷之三十五終

元文類卷之三十六

元　趙郡蘇天爵伯修父編次
太原王守誠君實父較訂

序

農桑輯要序　　蔡文淵

農爲天下之大本有國家者所當先務葢宗廟之粢盛軍國之經用生民之衣食皆於是乎出故古之王者親耕籍田以爲農先俾人知務本盡力南畝而基太平之治也洪惟世祖皇帝誕膺景命惠養黎元立

大司農司以修古九扈氏之政廼詔參稽古今農書芟其煩而撮其要類萃成書曰農桑輯要若夫耕蠶之術畜孳之方天時地利之所宜莫不畢具用之則力省而功倍刋行四方灼有明效逮我仁宗皇帝克繩祖武軫念民事以舊板本弗稱詔江浙省臣端楷大書更鋟諸梓仍印千五百帙頒賜朝臣及諸牧守令知稼穡之艱難以勸論民聖天子嗣大歷服祗遹先猷特命中書左丞相臣拜住領大司農司事越至治改元之明年丞相暨大司農臣協謀奏旨復印千

五百帙凡昔之未霑賜者制悉與之且勑翰林臣文
淵序諸卷首臣竊惟聖聖相承愛民之心其歸一揆
老稚熙熙含哺鼓腹於春風田里間而不知爲有帝
力何其幸哉臣抑聞天生民而立之君以司牧之必
有命世大賢左右贊襄而後能樹裁成輔相之功皇
上宵旰圖治垂意乎制民之產賢相忠誠爲國慮一
夫之不獲同心同德計安天下誠可謂千載一時也
使在位者皆體吾君相之心推廣是術開導農民壓
身從事以致公私饒給禮讓興行還風俗於唐虞三

代之隆則聖元配天其澤維億萬年寧有既哉

送王編修代祀秦蜀山川序　　曹元用

古者聖天子五歲一巡諸侯所守之國協時定制考禮齊政望秩四方山川不過第其等殺之儀而已匪有所祈也故曰先王遠施不求其報望祀不祈其福苟有所希是利之也烏在其爲誠敬哉秦漢以來異端蠭起邪說並行君天下者惑於方士之言汲汲焉以徼福爲心歲時黷山川以伸其私禱殆若持券而必其償者嗚呼山川之神其肯徇私以福人哉今天

下爲家文軌同而制度一方伯不敢專決大政咨中書而後行故無所事於巡守然聖上端居九重之中幽無不燭禮無不舉歲遣使函香祠五方山川肅焉如躬至其處也泰定五年春翰林國史院編修官王瓚在中奉旨代祀中鎮祀后土祀河瀆又望祀西海祀西嶽祀西鎮祀江瀆在中以清貴詞臣將命而七代其祀亦可謂重矣在中其恪遵彝典勿過於豐而有所祈簡潔修辭精意以致享山川諸神翕然歆聖上之祀幽明交孚遐邇罔間將見時雍歲稔景福穰

穰有不祈而自臻者且使西土之人知吾君所爲越於秦漢萬萬也若然則在中爲能使矣其益慎哉

風憲宏綱序　馬祖常

世祖肇建官制興起文物屬命御史臺昭布體統振肅綱維正儀崇化靡不緝綏迨及列聖繼明屢揚寶訓亦靡不顯示常憲儆爾有官欽惟皇上日月中天燭見幽隱紹述祖宗成法中命臺端嚴茲糾劾不俾瘝官貽憂惸獨於是臺臣協恭奉職上體淵衷下宣風紀謂古象魏有法道路有徇今國家肅清臺綱激

引言路其見諸訓辭者光大深厚粲然有章宜編綴成書載在簡冊垂告內外俾當察視司持平者有所徵焉既奏上制曰可嗚呼盛哉凡我耳目之官尚知佩服之毋怠文林郎監察御史馬祖常謹序

卧雪齋文集序

馬祖常

人之有文猶世之有樂也樂之有高下節奏清濁音聲及和平舒緩焦殺促短之不同因以卜其世之休咎象其德之小大人人之於文亦猶然不能彊爲也賦天地中和之氣而又充之以聖賢之學大順至仁浹

洽而化然後英華之著見外者無乖戾邪僻忿潰淫哇之辭此皆理之自然者也非惟人之於文也雖物亦然華之大豔者必不實器之過飾者必不良必也稱乎求乎稱也則舍詩書六藝之文吾不敢他求焉袁君德平之文可謂美矣優柔而不譁典則而不質可以施之宗廟告之朝廷而令巳死無及也其子杲游於國學以予嘗從其兄伯長甫官史館而伯長甫又好予甚者也請重序其父之文焉噫德平之文世雖無知者抑何傷乎子杲茲又槀而歸於越山之下

一日太史占候言南方有光氣上達於天者其必德平之文在其下也夫

周剛善文稾序

馬祖常

六經之文尚矣先秦古文雖淳駁龎雜時戾於聖人然亦渾噩弗雕無後世誕詭骫骳不經之辭同馬遷耕牧河山之陽得中州布帛菽粟之常著而爲史其言雄深唐韓愈挈其精微而振發于不羈噫文亦豈易言哉栁宗元駕其說忿懥恚怨失於和平淮西雅詗晉問諸篇馳騁出入古今天人之間蔚乎一代之

制而學士大夫皆宗師之宋以文名世歐王曾三氏降而下天下將分裂道不得全業文之士咸澆漓浮薄不足以經世而載道焉皇元隆平宣布文化姚燧元明善褎然在廷以文致位光顯而于今傳之周剛善彙其文數十篇俾予觀之質實而不窳藻麗而不華殫其思以志于文而未已者也茲將官南方故書以爲文序而略告之

送簡管勾序　馬祖常

中書以簡君實理管勾曲阜廟學將行請吾爲送別

詩序諾之二年弗卽與之也及來京師告闕里孔子廟荒圮不治又請吾曰今可爲之也始簡君布衣褎然游公卿間公卿皆禮之雖小丈夫有所挾持不禮人者簡君亦能使之忘其挾持而禮之其交於人非有鈎連濡沫之巧也非有排難解紛之俠也平易以坦夷和樂而靜專年彌久而情益貞也時益蹟而義愈篤也如斯而已矣彙類而觀之古之君子入道之域者亦由於是矣簡君讓曰不敢有是願先生終序之夫闕里廟不治公卿大夫士之事也子無憂其不

治也彼佛老之人室廬觀闕丹雘塗飾圖所以專其師者坎焉若不終日公卿大夫士咸以文名而官縈庸有不治其師之廟而自豐其屋者哉子當求如徯斯者作詩以俟之

大元通制序　　　孛术魯翀

至治二年冬十有一月皇帝以故丞相東平忠憲王之孫中書左丞相位右丞相總百官新庶務徵用老成開明治道皇元聖聖相繼百有餘年宸斷之所予奪廟謨之所可否禁頑戢暴仁恤黎元綽有成憲然

簡書所載歲益月增散在有司既積既繁莫知所統挾情之吏用譎行私民惘政蠹臺憲屢言之鼎軸大臣恒患之仁廟皇帝御極之初中書奏允擇耆舊之賢明練之士時則若中書右丞相杭平章政事商議中書劉正等由開創以來政制法程可著爲令者類集折衷以示所司其宏綱有三曰制詔曰條格曰斷例經緯乎格例之間非外遠職守所急亦彙輯之名曰別類延祐三年夏五月書成勑樞密御史翰林國史集賢之臣相與正是凡經八年事未克果今年春

正月辛酉上御櫻殿丞相援據本末奏宜如仁廟制制可如是樞密副使完顏納丹侍御史曹伯啓判宗正府普顏集賢學士欽察翰林直學士曹元用以二月朔奉旨會集中書平章政事張珪暨議政元老率其屬衆共審定時上幸柳林之　辛巳相以其事奏仍以延祐二年及今所未類者請如故事制若曰此善令也其行之繇是堂議題其書曰大元通制命翀序之翀惟聖人之治天下其爲道也動與天準其爲法也粲如列星使民畏罪遷善而吏不敢舞智御人

鞭笞斧鉞禮樂教化相爲表裏及其至也民協于中刑措不用二帝三王之盛盡於此矣雖刑罰世輕世重而士制百姓于刑之中以教祗德古之制也聖朝因事制宜因時立制時有推遷事有變易謀國之臣斟酌損益以就中典生民之福也仁廟開本於先皇上繼志于今萬世慮也雖然明罰勑法朝廷之道揆在焉惟良折獄哀敬折獄有司之法守親焉源則濬矣流斯承之可不慎歟

送楊仲禮序　王士熙

杭爲郡甲于江左宋之南爲行都地多山谷淵藪峙而爲巨鎭匯而爲廣渉瑰奇勝絶之觀博大弘豫之俗在方輿盛且劇我元底奠行省莅之以事之殷地之重于今視它行省獨丞相置丞相之屬非淸彊膺時望者不得預其司文教者曰儒學提舉泰定三年夏應奉翰林文字天台楊仲禮以選被命徃大杭之士風重文士子競競佩服整潔出辭粲然落筆縝然處其上者必鑑別衡析陶良汰浮燭其衷斯有以服之也行省之屬事上皆有等威雖大府連率俛首趨

對唯謹提舉官五品登階而揖省僚必改容禮焉夫禮之嚴必有以尊其學衆之服必有以重其德不尊不嚴不重不服若曩之爲是官者吳興趙先生巴西鄧先生皆由侍從出矣望乎于人人楊君居史館久文精思縟言議濟濟志于事功卓然勇往之資也上熙嘗與同僚私灼其詳於其行也不以易爲喻而進其難者不以近爲勸而圖其遠者焉交友之誼也

文丞相傳序　許有壬

宋養士三百年得人之盛軼唐漢而過之遠矣盛時

忠賢雖遝人有餘力及天命已去人心已離有挺然獨出於百萬億生民之上而欲舉其已墜續其已絶使一時天下之人後乎百世之下洞知君臣大義之不可廢人心天理之未嘗泯其有功於名教爲何如哉丞相文公少年趠厲有經濟之志中爲賈沮徊翔外僚其以兵入援也大事去矣其付以鈞軸也降表具矣其往而議和也冀萬一有濟爾平生定力萬變不渝父母有疾雖不可爲無不用醫藥之理公之語公之心也是以當死不死可爲卽爲逸于淮振于海

眞不可爲矣則惟有死爾可死矣而又不死非有它也等一死爾昔則在巳今則在天一旦就義視如歸焉光明俊偉俯視一世顧膚敏祼將之士不知爲何物也推此志也雖與嵩華爭高可也宋之亡守節不屈者有之而未有有爲若公者事固不可以成敗論也然則收宋三百年養士之功者公一人爾孫富爲湖廣省撿校官始出遼陽儒學副提舉劉岳申所爲傳將刻之梓俾有壬序之有壬早讀吟嘯集指南錄見公自述甚明三十年前游京師故老能言公者尚

多而訝其傳之未見于世也伏讀感慨惜京師故老之不及見也公之事業在天地間炳如日星自不容泯而史之取信世之取法則有待于是焉若富也可謂能後者已

唐律疏義序

柳貫

故唐律十二篇非唐始有是律也自魏文侯以李悝爲師造法經六篇至漢蕭何定加三篇總謂九章律而律之根荄已見曹魏作新律十八篇晉賈充增損漢魏爲二十篇北齊後周或併苞其類或因革其名

所謂十二篇云者裁正於唐而長孫無忌等十九人承詔撰疏勒成一代之典防範甚詳節目甚簡雖總歸之唐可也蓋姬周而下文物儀章莫備於唐始太宗因魏徵一言遂以寬仁制爲出治之本中書奏讞常三覆五覆而後報可其不欲以法禁勝德化之意皦然與哀矜慎恤者同符史言有司定律五百條分十二卷卽篇爲卷是已今定次三十卷者長孫撰義疏時固已增多義疏出永徽初去貞觀應未遠其後定令刪格編式各隨世損益科條無藝大抵皆原於

律矣然則律雖定於唐而所以通極乎人情法理之變者其可晝唐而遽止哉國家立經陳紀迪德踐猷較諸近世之中稽合唐制爲多故凡垂之爲甲令著之爲事比無非忠厚惻怛之所形累聖重光何其甚似乎太宗也予嘗備數禮官陪在廷末議見吏抱成法寘前曰律當如是不當如彼雖辯口佞舌莫不帖帖順聽無敢出一語爲異及按而視之則本之唐以志其常參之祖宗睿斷以傳其變非常無古非變無今然而必擇乎唐者以唐之揆道得其中乘之則過

除之則不及過與不及其失均矣嗚呼法家之律猶儒者之經五經載道以行萬世十二律垂法以正人心道不可廢法豈能以獨廢哉彼謂除參夷連坐之罪作見知部主之條爲蕭張控制天下之一術其論抑淺末矣予何足以知之因其理之在人心者而竊窺之耳江西在聲教漸濡之内諸學經史板本略具而律文獨闕予問請於廉訪使師公曰禮刑其初一物出禮入刑之論固將以制民爲義而非以罔民爲厲也吾欲求故唐律疏義稍爲正訛緝漏刋之龍興

學官以庚幾追還時會讀法之遺公儻有意乎公亟諜諸寮寀咸應曰諾而行省撿挍官王君長卿復以家藏善本及釋文纂例二書來相其役公欣然命出公帑所儲没入學租錢以供其費踰月緒成因執筆冠篇而且以識公恤刑之本心無往而不在也若曰鑄刑鼎作爰書以取譏于世則予豈敢

孔氏譜序　揭傒斯

孔氏世家一卷其泒之在江西而顯者是爲臨江三孔三孔之子孫曰克己者是爲先聖五十五世孫繇

江西不遠三千里拜曲阜林廟且因以考訂其譜諜而收其所未續者遂攜之至于京師以示諸學孔子者傒斯得與觀焉於是肅然敬悚然懼進而告之曰凡天下之受姓命氏未有非聖賢之後者也凡有尊祖敬宗之心未有不知重其譜諜者也然徒知重其譜諜而不知求夫尊祖敬宗之實猶無譜諜也猶非其子孫也而况孔子之世家乎夫孔子魯之陪臣也去今千七百有餘歲久天下至今誦其書講其道祀之以天子之禮樂戴之如天地仰之如日月親之如

父母者果何以致是手哉衢路庸衆尋常之人亦有不合於孔子之教者猶得指而議之而況其子孫乎其爲孔氏之子孫亦難矣故籠天下之陸海不足以爲其富極天下之爵祿不足以爲其貴窮天下之奇珍異器不足以爲其寶其可富可貴可寶者在聞乃祖之道而已凡學孔子者猶必以是爲務而況其子孫乎夫譜其譜者尊祖之器也道其道者尊祖之實也敬之勉之勿徒抱其虛器而號於衆曰吾先聖之子孫也吾懼夫有議其後者矣子其愼之

國朝名臣事略序

歐陽玄

應奉翰林文字趙郡蘇伯修甫年弱冠卽有志著書初爲胄子時科目未行館下士砦言詞章講誦既有餘暇月筆札又富君獨博取中朝鉅公文集而日鈔之凡而元臣世卿墓表家傳往往見諸編更中及大閒居紀錄師友誦說於國初以來文獻有足徵者彙而稡之始疏其人若干屬以其事中帙挍讐櫛去而導存抉隱而蒐逸久而成書命曰國朝名臣事略他日余與伯修同預史屬從借讀之作而嘆曰壯哉元

之有國也無競由人乎若太師魯國淮安河南楚諸王公之勳伐中書令丞相耶律楊史之器業宋商姚張之謀猷保定稾城東平鞏昌之方略二王楊徐之辭章劉李賈趙之政事典元順德之有古良相風廉恒山康軍國之有士君子操其他臺府忠藎之臣帷幄文武之事內之樞機外之藩翰班班可紀也太保少師三太史天人之學陵川容城名節之特異代豈多見哉至於司徒文正公尊主庇民之術所謂九原可作我則隨武子乎嗟夫乾坤如許大人才當輩出

伯修是編未渠央也姑志余所見如是云

補正水經序

歐陽玄

金禮部郎中蔡正甫作補正水經三卷翰林應奉蘇君伯修購得其書將版行之屬余敘其篇端案隋經籍志有兩水經一本三卷郭璞注一本四十卷酈善長注善長即道元也然皆不著撰人名氏唐杜佑作通典時尚見兩書言郭璞疎略於酈注無所言撰人則槩未之考也舊唐志始云郭璞作宋崇文總目亦不言撰人爲誰但云酈注四十卷亡其五然未知兩

水經之一存一亡已見於斯時否也新唐志乃謂漢桑欽作水經一云郭璞作今人言桑欽者本此也崇文總目作於宋景祐與新志書同時又未知新志何所據以爲說也余嘗參訂之說者疑欽爲東漢順帝以後人以𦒿一縣疑之也今經言江水東逕永安宮南永安宮昭烈託孤於孔明之地也今特著于斯又若因其人而重者得非蜀漢間人所爲也不寧惟是也其言北縣名多曹氏置南縣名多孫氏置余又未暇一二數也斯則近代宇文氏以爲經傳相淆者此

說近之也然必作經作傳之人定而後可分也或者又曰豈非欽作于前二氏附益于其後它書或然也而此未必也西漢儒林傳言塗惲授河南桑欽君長尚書晁氏言欽成帝時人使古有兩桑欽則可審爲成帝時欽則是書不當見遺於漢藝文志也抑余又有疑于斯水經述作往往見於南北分裂之時借曰舊唐志可據則作者南人注者北人在當時皆有此疆彼界之殊又焉知其詳略異同不限於一時聞見之所逮也嗟夫古今有志之士思皇極之不足傷同

風之無時又焉知其不寓深意於是書也然則景純也道元也正父也是或一道也然以余觀正父之博洽多識其見於它著作者蓋有劉元父鄭漁仲之風中州士之巨擘也是書雖因宇文氏之感發而有以正蜀版遷就之失其詳於趙代間水此固景純之所難若江自壽陽以北吳松以東則又能使道元之無遺恨者也佰修生車書混一之代身爲史官年學俱富於金人放失舊聞多所收攬而是書又有關於職方之大者故余亦願附著其說焉而不自知其妄也

忠史序

歐陽玄

忠也者盡己之名也天以事物當然之理賦於人人盡其所當然者而無憾焉是之謂忠今語人曰臣事君以忠與忠恕之忠同則莫不駭然以爲非而實然也或曰臣盡臣道於君忠矣子盡子道於父何獨曰孝乎曰不然也禮記所爲内盡於己而外順於道忠臣以事其君孝子以事其親其本一也此即吾說也然則上盡其所當然於其下其名曰何曰盡有不敢不勉之義上下之間必有別也故盡之對爲推推即

恕矣程子嘗謂忠恕一也事上之道莫若忠使下之道莫若恕後儒疑之未喻此也人生而靜動與物接即有盡已不盡已二者出乎其間識者知其然固無一息而非吾效忠之時也是道也所以事君所以事天詩曰昊天曰明及爾出王昊天曰旦及爾游衍亶其嚴乎番易楊玄翁有見於此久矣大父通守在軒先生當宋季居官守以直聞遇國難以死節著玄翁慨慕先志作忠史十餘年成書於是上下數千年臣子大義粲然畢具微而一言一行苟無愧於盡已者

悉錄之又微而裔夷小邦婦人女子之操不遺也又極而心跡形似之間皆有以覈其實是非枉直瞭然不謬於古人何其至公而當也嗚呼自忠之爲說不明士大夫平居無涵養省察之功莅事無鞠躬盡瘁之志立朝無直言敢諫之風至於臨難死節能保其必然也耶嗚呼宇宙間此道明即天地變化草木蕃不明即天地閉賢人隱甚可畏也余爲國子博士時職當挍獻書既表章之猶懼玄翁著書之志未白也故述忠說於斯嗚呼是書果行於世也夫書之幸也

夫世之幸也夫

送曲阜廟學管勾簡君序　歐陽玄

鄒余讀魯相置孔子廟史碑載司徒臣雄司空臣戒言魯相瑛書稱孔子廟褒成侯四時來祠事已即去廟有禮器無常人掌領請置百石卒史一人典守之謹問太常祠曹掾辭對故事辟雍祠先聖太宰太祝各一人備爵太常丞監牛羊豕河南尹米大司農給請許瑛言置制可此元嘉中事也它書考之雄吳雄戒趙戒瑛乙瑛獨始置史闕姓名余頃代匱國子博

士中春秋祠上丁中書奉上命代祀御史二人糾儀物禮部主符戶部器皿兵部車工部繖幄光祿醴齊宣徽兎鹿脯脩留守烜燎薌宗正卒徒大輿尹粢盛犧牲事緣古加詳禮器則常置管勾一人司其事是與白石史同方是時衍聖公言曲阜祠事放辟雍獨器服無常職請用辟雍故事置管勾中書集賢吏禮部胥監往復諮問凡數年始決於是朝士大夫合辭薦蜀士簡君當其選又詩以送之夫衍聖右褒成在漢褒成無所言賴相發其端歷三公訪曲臺接成均

禮器始有常官然則是職豈輕也哉漢史初置如是其難其人亦必愼選惜逸其姓名今簡君學賅而周行篤而惠既幸居是職之始又幸託姓名於一時名士大夫之詩文異時並漢碑以傳豈偶然哉抑余又有感焉昔者商有天下三十世爲周周二十三世孔子生其閒千有餘歲矣孔子蚤年孟僖子屬其子曰聖人之後也爾必往學禮此聖聖成湯也以今距孔子較之周末距湯歲不甚相絕也湯之澤未必如今日夫子之盛也子開之宋降而孔父之曾其世系又

未必今日之世有爵邑也雖生民以來之有無斷可識也而今有爲信子言者世不以爲迂乎夫何一禮器之職於故宫古今設置之難其曹府事例有若合符者而獨人心士習之厚薄去古也遠甚果何自而然乎余於其所甚同者既詳敘之其所甚異深致余意爲孔氏後人爲當世學禮者簡君願爲我敬告之而益以自厚也

送張文琰序

謝端

太上皇帝舊勞于外其潛邸在建鄴江南行御史臺

理所也凡官府所治與小民俗尚淑均奇衺靡不具知既正位宸極以繩愆糾繆所職尤重風紀之選故多上所自擇大夫中丞有所拔用亦必其人然後敢舉而應奉翰林文字張君文琰亦以選爲山東道肅政廉訪司經歷應奉七品官清華優佚編摩論譔之餘側三日始一集集則自待制以下相與雜坐吟嘯竢官長至升堂一揖而退才逾月即受俸以歸爲經歷繁勞異是矣經歷而上大官八人其同僚二人吏十六人書手又不在焉吏云治辦與否皆總於經歷

經歷固爲之長又吏所師也日始出郎入幕府督吏書手分曹局治文書凡一司庶務與分司出按部郡邑行事有疑不決官吏受賄及稽違當殿降訊治民獄辭兩造當論報案既成吏持來前求予奪可否經歷爲之析疑似平向背寬易審定乃署以界吏得其情又不戾於律始可信大官服僚佐而吏亦不得一搖手以輕重法其居是職必昔之嘗有事於珥筆以事上官者自謂優爲之洎至其屬亦翕然低首仰面相師尊令顧不以予彼而予文琰薦者蓋必有以取

之仕可行已莫風紀若儒者之效不白於世久矣重遲迂儒人率以是詆姍我及有能自樹立脫去故習軒豁特達則彼固將駴且敬異焉之二者吾將以文琰是行卜之也天曆巳巳正月既望翰林脩撰謝端

敘

太常集禮槀序

李好文

太常集禮槀爲編秩者郊祀九社稷三宗廟二十有一輿服二樂七諸神祀三諸臣請謚及官制因革典籍錄六合五十一卷事覈文直彚雜出而易見蓋太

常之實錄也太常典三禮主羣祀凡禮樂之事皆自出焉國家論議制作之原郊社宗廟緣祀之制山川百神秩序之典諸臣節惠易名之實不知其故可乎洪惟聖朝天造之始金華方載文德未遑我太宗皇帝戡金五年歲在戊戌時中原甫定則巳命孔子之孫元措訪求前代禮樂將以文萬世太平之治憲宗皇帝二年壬子時則有日月之祀伏觀當時羣臣奏對之際上問禮樂自何始左右對以堯舜則其立神基肇人極丕謨睿略固巳宏遠矣世祖皇帝中統之

初建宗廟立太常討論述作度越古昔至元之治遂光前烈成宗皇帝肇立郊丘武宗皇帝躬行祼享英宗皇帝廣太室定昭穆御衮冕鹵簿脩四時之祀列聖相承歲增月輯典章文物煥然畢備矣百年以來事皆屬之有司寄諸簡牘歲月既久不無散逸故由之者或不知其本論之者或失於其初闊略戾舛頗違於舊泰定丁卯秋好文備員博士深慨其故既而僉太常禮儀院事孛术魯公繼至從而倡率之遂暨一二同志蒐羅比校訪殘脫究訛略其不敢遽易者

亦皆論疏其下事雖不能無遺以耳目所及頗已獲其七八越二歲書成名之曰大元太常集禮槀嗚呼一代之治必有一代之文綱常典則天秩人紀豈易言哉然事不可以無述言不可以無統與其具於臨時孰若求之載籍與其習而不察孰若信而有徵此哀集之有編而不敢後者也曰槀者固將有所待焉他日鴻儒碩筆承詔討論成一代之大典則亦未必無取天曆二年秋七月丙辰朔承務郎太常博士李好文序

元文類卷之三十七

元　　趙郡蘇天爵伯脩父編次
太原王守誠君實父挍訂

書

上耶律中書書　　元好問

四月二十有二日門下士太原元好問謹齋沐獻書中書相公閤下易有之天造草昧君子以經綸伏惟閤下輔佐王室奄有四方當天造草昧之時極君子經綸之道凡所以經造功業考定制度者本末次第

宜有成策非門下賤士所敢與聞獨有一事系斯文爲甚重故不得不爲閣下言之自漢唐以來言良相者在漢則有蕭曹丙魏在唐則有房杜姚宋數公者固有致太平之功而當時百執事之人毗助贊益者亦不爲不多傳記具在簡可考也夫天下大器非一人之力可舉而國家所以成就人才者亦非一日之事也從古以來士之有立于世必籍學校教育父兄淵源師友講習三者備而後可喻如修明堂總章必得楩楠豫章節目礫砢萬牛挽致之材預爲儲蓄數

十年之間乃能備一旦之用非若起尋丈之屋構櫨棖楔楹栿甍桷雜出于楡柳槐柏可以朝求而暮足也竊見南中大夫士歸河朔者在所有之聖者之後如衍聖孔公耆舊如馮內翰叔獻梁都運斗南高戶部唐卿王延州從之時輩如平陽王狀元綱東明王狀元鶚濱人王賁臨淄李浩秦人張徽楊奐李庭訓河中李獻卿武安樂夔固安李天翼沛縣劉汝翼齊人謝良弼鄭人呂大鵬山西魏璠澤人李恒簡李禹翼燕人張聖俞太原張緯李謙冀致君張德輝高鳴

孟津李蔚眞定李治相人胡德珪易州敬鉉雲中李微中山楊果東平李和西華徐世隆濟陽張輔之燕人曹居一王鑄渾源劉祁及其弟郁李仝平定賈庭揚楊恕濟南杜仁傑洛水張仲經虞鄉麻革東明商挺漁陽趙著平陽趙維道汝南楊鴻河中張肅河朔勾龍瀛東勝程思温及其從弟思忠凡此諸人雖其學業操行參差不齊要之皆天民之秀有用于世者也百年以來教育講習非不至而其所成就者無幾喪亂以來三四十人而止矣夫生之難成之又難乃

今不死于兵不死于寒餓造物者挈而授之維新之朝其亦有意乎無意乎誠以閣下之力使脫指使之辱息奔走之役聚養之分處之學館之奉不必盡具饘粥足以餬口布絮足以蔽體無甚大費然施之諸家固已骨而肉之矣他日閣下求百執事之人隨左右而取之衣冠禮樂紀綱文章盡在于是將不能少助閣下蕭曹丙魏房杜姚宋之功乎假而不爲世用此諸人者可以立言可以立節不能泯泯默默以與草木同腐其所以報閣下終始生成之賜者宜如何

哉閣下主盟吾道且樂得賢才而教育之一言之利一引手之勞宜不爲諸生惜也

與姚公茂書　　楊奐

奐頓首復别四五年思渴之甚所欲言者不一也握手未期此懷可知子善至得書審玉眷佳裕且知北還喜甚去歲子善云新築祠堂而石室在正位不知何所據及見朱文公家禮圖說亦云在北架似不安也且宗廟五廟七廟而已雖有成言所以作室次第于經則無所見朱文公後宋人也建炎南渡廟祏之

禮一蕩，就有故老或鬱鬱下僚無所見于世此說在
中庸或問中略見之所可信者止是昭穆位次于神
主于石室皆不及也家禮所載神主樣式亦非與三
十時入汴梁得宮室廟社法度于一故老處又五年
因秋比以生徒之衆寓長安慈恩寺有僧曰了遷者
乘暇請觀寺之西南杜相公讀書堂與一見知其為
家廟也其廟制如世之所謂吳殿也凡石室並在西
壁高與人胸臆齊其僧猶以為藏書龕既而來洛下
于楊正卿家閱稽古編文信乎其為杜祁公之家廟

也文粹韓文溫公集多有家廟碑止說三室四室或云第一第二第三第四室又有云東室者亦不載石室方位之所在夫禮也者制度名數之所寓也不有所據必有所見文公所述未見其所據當以與之所目覩者爲廟之定制天子與諸侯卿大夫同所以異者名數也今汴梁太廟法度弊家具有圖說自巳亥春定課聑有告隱匿官粟者親入倉檢視而倉即太廟也因得考其制度焉石室在西壁正殿凡二十五間始祖室三間内附祧廟神主五位其石室皆在西

壁而近南牖世祖二間內附肅宗一位穆宗二間內附康宗一位太祖已下至宣宗各二間係八室計一十六間其神主石室並在西壁東西夾室各一間凡有神主處每一間門一牖一門在左牖在右已上共二十五間近有客曰毛正卿至自保州曾爲先朝太祝談舊禮如在目前是日坐客甚衆談竟與問之曰如公所言其行禮時將在秋冬而不及春夏也客問何以知之與曰以公止見虎席故知其在秋冬也若春夏則席以桃枝桃枝竹也客曰適在冬耳與又問

公之行禮將屬時享而不及禘祫客問何以知之奐曰禘祫則太祖神主位于埳下而東向焉而昭在于北南向之穆在于南而北向之公所言而曰太祖神主在門之內南向焉故知不及禘祫也客謝未嘗及禘祫吁此定禮也患不素考耳是與非吾友訂之恐不宜襲家禮之誤也著書非細事也古之聖賢未嘗敢自作古所謂神主之說容面告焉

與竇先生書　許衡

老病侵尋歸心急追思所以上請未得其門也邇來

相從實望見教不意復有引薦之言聞之踧踖且驚且懼即舍中懇陳所以不可之故至于再三始蒙惠許違別三數日復慮他說間之不終前惠是風喋喋重陳向來懇禱不可意嘗謂天下古今一治一亂治無常治亂無常亂亂之中有治焉治之中有亂焉亂極而入于治治極而入于亂亂之終治之始也治之終亂之始也治亂相循天人交勝天之勝質掩文也人之勝文犯質也天勝不已則復而至于平平則文著而行矣故凡善惡得失之應無妄然者而世謂之

治治非一日之爲也其來有素也人勝不已則積而至于偏偏則文沒不用矣故凡善惡得失之迹若謬焉者而世謂之亂亂非一日之爲也其來有素也析而言之有天焉有人焉究而言之莫非命也命之所在時也時之所向勢也勢不可爲時不可犯順而處之則進退出處窮達得喪莫非義也古之所謂聰明睿知者唯能識此也所謂神武而不殺者唯能體此也或者橫加己意欲先天而開之拂時而舉之是揠苗也是代大匠斲也揠苗則害稼代匠則傷手是豈

成已成物之道哉卽其違順之多寡乃在吉凶悔吝之多寡也生平拙學認此爲的信而守之罔敢自易今先生直欲以助長之力擠之傷手之地是果相知者所爲耶無益淸朝徒重後悔豈交游之泥不足爲之慮耶抑眞以樗散爲可用之材也相愛之深未應乃爾若夫春日池塘秋風禾黍夏未雨蠶老麥收冬將寒囷盈箱積門喧童稚架滿琴書山色水光詩懷酒興拙謀或可以辦此也是以心思意嚮日日在此安此樂此言亦此書亦此百周千折必期得此而後

已先生不此之助而彼之助是不可其所可而可其所不可也其可哉將愛之實害之萬惟恕察言不能隰揉悚息待罪

荅耶律惟重書　許衡

昔奉寄耶律生久别不得會見豈勝懷想王之奇來審聞尊丈以下皆安艮慰西山詩說與文公詩傳異同此非區區所能辨然宿昔愛生勤學似不欲虛其所問雖自知淺陋猶喜一言之春秋壞于三傳此說固矣然盡去三傳而不讀吾恐凝議之失又甚于三

傳書義壞于漢儒之序此說固矣然盡欲去之而不讀吾恐臆度之差又甚于漢儒之序程朱以宋講明究析其可疑可信亦略有說蓋自焚滅之後歷千餘歲其間變故又復不少遺脫舛誤焉能盡如洙泗之舊雖語孟二書亦有可疑學者但當求其旨意溫柔敦厚經夫婦成孝敬以身體之日積月累庶可有益至于此等疑問姑闕之可也舊見西山文字平實簡易不意此論急迫毀罵殊無溫柔敦厚含蓄氣象抑其少日之為耶抑或他人為之而傳之者誤耶觀其考覈辨難出

人意表未易折衷容胥會晤更論鄙見如此未識果是否也

與楊元甫論梁寬甫病證書　許衡

梁寬甫證候右脇肺部也嗽而唾血舉動喘促者肺診也發熱脉數不能食者火來刑金肺與脾俱虛也肺與脾俱虛而火乘之其病爲逆如此者例不可補瀉蓋補金則慮金與火持而喘咳益增瀉火則慮火不退位而痃癖反盛正宜補中益氣湯先扶元氣少以活病藥加之聞已用此藥而不獲效意必病勢苦

逆而藥力未到也當與寬甫熟論遠期秋凉庶就平復蓋脉病惡春夏火氣至秋冬則退也止宜于益氣湯中隨四時陰陽升降浮沉溫凉寒熱及見有證增損服之升降沉浮則順之溫凉寒熱則反之順其順和其和爲治之大方也或覺氣壅間服加減枳术丸或有飲間服局方枳术湯數月後庶逆氣少回逆氣回則治法可施但恐今日以至色青色赤及脉弦脉洪則無及矣近世論醫有主河間劉氏者有主易州張氏者張氏用藥依準四時陰陽而增損之正內經四氣調神之義醫而不知此妄行

也劉氏用藥務在推陳致新不使少有怫鬱正造化新新不傷之義醫而不知此無術也然而主張氏者或未盡張氏之妙則瞑眩之劑終莫敢投至失幾後時而不救者多矣主劉氏者或未悉劉氏之藴則劫效目前陰損正氣遺禍于後日者多矣能用二家之長而無二家之弊則治庶幾乎寬甫病候初感必深所傷物當時消導不盡停滯淹延變生他證以至于今恐亦宜倣劉氏推陳致新之意少加消導藥于益氣湯中庶有漸緩之期也鄙見如此未敢以爲必然

惟吾才卿元甫子益共商論之

上宰相書　劉因

九月二十八日因再拜因自幼讀書接聞大人君子之餘論雖他無所得至如君臣之義一節自謂見之甚明其大義且勿論姑以日用近事言之凡吾人之所以得安居而暇食以遂其生聚之樂者是誰之力歟皆君上之賜也是以凡我有生之民或給力役或出智能亦必各有以自效焉此理勢之必然亘萬古而不可易而莊周氏所謂無所逃于天地之間者也

因生四十三年未嘗效尺寸之力以報國家養育生成之德而恩命連至因尚敢偃蹇不出貪高尚之名以自媚以負我國家知遇之恩而得罪于聖門中庸之教也哉且因之立心自幼及長未嘗一日敢爲崖岸卓絶甚高難繼之行平昔交友苟有一日之雅者皆知因之此心也但或者得之傳聞不求其實止于蹤跡之近似者觀之是以有高人隱士之目惟閤下亦知因之未嘗以此自居也請得一一言之向者先諸皇以贊善之命來召即與使者俱行再奉旨令教

學亦卽時應命後以老母中風請還家省視不幸彌留克遭憂制遂不復出初豈有意于不仕耶今聖天子選用賢良一新時政雖前日隱晦之人亦將出而仕矣況因平昔非隱晦者耶況加以不次之寵處之以優崇之地耶是以形留意往命與心違病臥空齋惶恐待罪因素有羸疾自去年喪子憂患之餘繼以痞瘧歷夏及秋後雖天復然精神氣血已非舊矣不意今歲五月二十八日瘧疾復作至七月初二日蒸發舊積腹痛如刺下血不已至八月初偶起一念自

歎旁無期功之親家無紀綱之僕恐一旦身先朝露必至累人遂遣人于容城先人墓側修營一舍儻病勢不退當居處其中以待盡遣人之際未免感傷由是病勢益增飲食極减至二十　日使者持恩命至因初聞之惶怖無地不知所措徐而思之竊謂供職雖未能扶病而行而恩命則不敢不扶病而拜因又慮若稍涉遲疑則不惟臣子之心有所不安而蹤跡高峻已不近于人情矣是以即日拜受留使者候病勢稍退與之俱行遷延至今服療百至略無一效乃

請使者先行仍令學生李道恒納上鋪馬聖旨待病退自備氣力以行望閣下俯加矜憫曲爲保全因實疎遠微賤之臣與帷幄諸公不同其進與退若非難處之事惟閣下始終成就之

與襄陽呂安撫書　宋衜

年月日具位衜謹奉書于襄陽安撫呂君足下盖聞天下之事有變有常兵家所先知已知彼苟昧斯理克成者難足下利害類此故別白而忠告之令兄少保制置出自戎行驅馳邊境守禦奔援時立武功南

朝列之于三孤崇之以兩鎮以至開荆南之制閫總湖北之利權其報效酬勳亦已至矣而乃漸虧臣節專立巳威爵賞由心刑戮在口藉上流之勢不朝貢于錢唐託外援之辭聚甲兵于鄂渚江左君臣憂其跋扈以爲王敦桓玄復生于今日也天不假年近聞捐館繼知黥貴代秉軍麾且吕氏子弟將校往往典州郡而握兵馬者何哉葢南朝姑息令兄之故耳自今巳往豈復有容足之地乎足下在吕氏族中最才且賢必將易置腹心尺書見召魚脱于淵其禍不可

測也去歲大兵南下經略襄漢諸軍將校屢請攻圍我主惠仁慈遠覽周慮以南北生靈皆吾赤子當告告之以訓辭示之以形勢彼果不降攻之未晚故休兵秣馬蓄力待時今白河鹿門雉堞相望安陽光化舟艦交通東遏饋運之師西絕樵蘇之路生擒大將兵民震驚足下內憂家事之多艱外覩孤城之日蹙誠危急之秋也茲者炎火收威商金變律風折膠而弓勁草垂實而馬肥行當整齊士卒淬礪戈矛斷鳳林之關決檀溪之水稱萬山之道塹白銅之堤前茅

飲馬于江陵後勁摧鋒于樊邑用天下堂堂之衆擊漢陰蕞爾之城似不難矣幕府恭承帝命征討招懷拒逆者誅迎降者賞若能翻然改圖軍門送欵飛聞天闕必有殊恩豈止轉禍爲福實千載一時之機會也漢上土疆君當常保他人孰能有之如闇于謀慮迷而不復事機一去雖悔矣追國家大信明若江水進退裁决惟足下留意焉

與姚江村先生書　　盧摯

文德四年歲舍庚子冬十一月七日後學涿郡盧摯

頓首再拜寓書江村先生執事摯由諸生承之侍從遂叨持憲節膺一道之寄始來湘中竊伏惟念材能譾薄無所肖似旣眠印省俗謁先聖校官誠不自揆力揣分蓋嘗以蜀之文翁閩之常袞自詭庶幾無負國家委任部使者勉勵宣明之意而譚學素號多士志于殖學藝文不骫流俗篤好古道者莫不踶跂振躍操觚挈牘咀英蘤漱芳潤以求理義之指歸辭章之統緒是正其所未至而難其人不唯逢掖諸生之所拳拳至于縉紳處士願欲喜樂者林林然亹亹焉

亦莫不以得師取友爲務爲言者皆是也摯是時爲
言江村先生之賢向也得其人于文字中前歲使過
均亦嘗觀道德聽言論于須臾之頃迄今耿耿不能
忘也葢先生之文先秦西漢之文本六籍而支三傳
左右以群史諸子者也其淵粹博贍常與王介夫曾
子固頡頏至于近代葉適洪咨夔劉克莊諸人則瞠
若乎後塵者也摯知先生者如此摯也言之潭之搢
縉逢掖然之居無何摯以不習風土得疾在告瀕于
危殆屢矣移病歸田之章至于數四竟未得請追秋

冬之交方稍稍向平前月初吉爰舉釋菜之典文學諸君遂復有絳帳江村之請郎與議往司講黎生李芳飭禮幣以東若夫弟子事師之勤具于別幅俾不肖者尺牘先焉惟先生慨然而來嘉惠學徒生如摯者亦時時蹔跡衿佩之末以摳衣函文日聞所未聞見所未見湖湘之間文風丕變不惟北邦盛事使楚越列郡亦皆靡然知所興起異時摯獲附冀尾有光汗青之編果可以儕蜀文匹閩袁者實昉于先生豈不偉歟或者有謂先生作止語默之間靜重不苟雖

摯與諸生所以鄉慕依託者出于慺慺之誠乃輕于然諾不于再于三然後命駕則師道不尊或微辭婉讓以自誘則摯竊謂先生不必然矣葢見義勇爲樂與人爲善實虛焉有無焉摯知先生者如此若夫握瑜懷瑾以自珍佩蘭襲芷以自潔珍則珍矣清則清矣異乎時中者矣先生必不然矣惟先生亮之

答董中丞書　　吳澂

正月十一日臨川儒生吳澂再拜中丞相公閣下澂聞學者非以求知于人也欲其德業有于身而已矣

仕者非以自榮其身也欲其惠澤及于人而已矣澂江南鄙人也自幼讀聖賢之書觀其迹探其心知聖賢之學得之于心爲實德行之于身爲實行見之日用施之家國爲實事業資之不敏力之不勤學之四十年矣而未有成是以日夜孜孜矻矻惟恐無以自立于巳而不敢求用于時也居方冊中以古之聖人爲師以古之賢人爲友而于今世位尊而有德位卑而有學者皆所願事皆所願交也往年閣下分正江右側聞閣下之風剛正公廉卓然不倚皎然不滓特

立獨行于衆醉群迷之中心竊慕焉二年之後始得與同遊之友嘗出入門下者一望道德之光以一朝之所見而益信二年之所聞未幾澂居山中持喪而閤下自南豐入覲足跡無復再至閤下之庭勢位之相懸道里之相隔如九地之視九天無一言可以達閤下之耳無一字可以達閤下之目疎賤姓名何翅一草之微意閤下且忘之矣不謂克勤小物過取其不足而以聞于朝聖上聽言如流賢相急才如渴由布衣授七品官戍命旣頒而閤下又先之以翰墨敦

請敦諭如前代起處士之禮。徵何人斯，而足以當之？夫朝廷用人之不次，公卿薦人之不私，布衣之受特知，蒙特恩如此，近世以來所希有也。雖木石猶當思所以報，而況于人乎！昔夫子勸漆雕開仕，對以吾斯之未能信，而夫子說之。何哉？說其不自欺也。然則開之可仕不可仕，雖夫子不能知，惟開自知之耳。閣下之舉，古大臣宰相之所爲也。徵敢不以古賢人君子之所自處者自勉，以事閣下哉！邇年習俗日頽，儒者不免事于奔競，急于進取，媚竈乞墦，何所不至。今之大臣宰相當有以微斡其機丕變其俗若俾疎賤之人驟得美仕非所以遏其徼倖冒進之萌也澂以古之賢人君子自期則其出處進退必有道矣不然貪榮嗜進亦若而人也閣下奚取焉愛人以德成人之美是所望于今之大臣宰相能如古人者愛之以德而成其美豈必其仕哉邵堯夫詩云幸逢堯舜爲眞主且放巢由作外臣澂雖不肖願自附于前修成之者在閣下澂感恩報知非言可殫未由庭參敢冀爲家國天下保重臨筆不勝拳拳不宜澂再拜

上許魯齋先生書

王旭

三月朔日東平晚進王旭謹齋沐裁書頓首百拜獻于左丞先生閣下旭布衣窮居于時事無所好獨嘗有志于古披塵編扣斷簡役精魂于千載之上陰陽寒暑有其變而此志不變死生哀樂事物有其變而此志不變葢十年于此矣當其深入而有得也欣然忘食不啻千乘之貴趙孟之富其樂也如張九奏于洞庭之野觴白雲于崑山瑶池之上悠然陶然有非世俗之所知而雖已亦有不能以語人者葢嘗隱几

掩卷而深思之以爲道之大原出于天而存于人初無古今終始之或異也雖滎河發霻而三五之機始露溫洛闡祕而皇極之端始開而畫前之易太極之理巳自具于人心而流行于事物之間矣邵子曰一物由來有一身一身還有一乾坤知乎此則前乎鴻濛不必爲古後乎漢唐不必爲今而方寸之地即天地之所以位人極之所以立與惜乎三代而下隋唐而上道學不明而知之者吾未見其人也歟陳往古持挈當世非無荀卿子然以性爲惡見理差矣何足

以傳斯道上酌天時下推人事非無揚雄氏然寂寞太玄詎耀美新大節虧矣何足以傳斯道通也懿而失之陋愈也達而失之淺且不免致堂胡氏之譏益自孔孟之歿中間千四百餘年纔得四子而極其所致又如此嗚呼道果易言也雖然堯舜變而中不變孔孟亡而道不亡迨周程張邵一出而道學復明太極一圖抽天地未露之扃鑰西銘一書發聖賢未言之閫奥皇極窮天地之數易傳盡天人之理繼以文公無憾矣雖然所謂道學者果何學也哉貫三才之

理于一致格物致知而盡變化流通之妙散三才之理于萬殊開物成務而極錯綜經理之宜誠意正心修身齊家治國平天下致時君于唐虞還民風于三代亦如此而已矣豈徒異其行以駭俗高其辭以驚衆朴其貌深其情以求合規矩之内耶國家自有天下六十餘年文風不振士氣卑陋學者不過踵雕蟲之舊爾間有一二留心于伊洛之學立志于高遠之地者衆且群咻而聚笑之以爲狂爲怪爲妄而且以爲背時枯槁無能之人也嗚呼儒學豈眞無用只耶

正道不明士習詭僻以至于斯可謂歎巳伏惟先生以道鳴世踐履于平昔者皆三才之實學發揮于事業者皆三才之實用簞瓢居陋巷浩然無一毫之不足白衣登相府淡然無一毫之有餘其堯舜吾君成康吾民蓋胸中之素蘊一諫不行奉身而退其出處進退何其一于義而不苟伸于道而不屈也吾道有光士氣增重其頹波之砥柱冥途之日月與雖然僕固以聖賢望先生而不以世俗之所以待者待先生也則猶不能無疑何者孟子致齊卿之位齊王欲中

國而授孟子室養弟子以萬鍾而孟子不可以爲辭十萬而受萬而先生之所以眷焉于此者其必有以處此矣而旭也未聞其說焉何如迻蘇門之故隱卧西山之白雲遠續洙泗之微言近考伊洛之正派使聖傳不墜後學有歸旭也不敏請摳衣執筆以書先生于文公之後狂言區區唯先生憐其心而略其愚妄之罪以進之幸甚

與烏叔備書　　安熙

熙頓首再拜上啓叔備尊兄侍史一别七年豈勝嚮

仰人來獲聞動靜聊以爲慰又聞春間嘗以酒致疾雖已得愈然中情猶不能釋然也即辰新秋猶熱恭惟調攝有道侍履益以康佳矣然尊兄早親有道篤志力行人望所屬不可不重爲此道保惜也願兄留意更加愼節以迓新祉以慰友朋期望之意幸甚幸甚易說精要想已就緒丁亥集亦當脫藁恨不得陪侍左右側聞高論也熈一來此行及三載獨學無友益以荒惰然隨分讀書小作程課玩心觀理更于應事接物間體驗警省亦略有効但覺悔尤山積尤日

夕增懼耳四書集義精要近因讀朱子文集對校一過尚多有疑誤别紙錄呈幸因書來以一言可否之使得有所據依也疑此書初脫藁先生未使學者校勘故多有此誤雖非大義所闗然亦不可不訂正也近因看詩傳亦欲取朱子文集及語錄之言凡涉論詩有與集傳相發明者依精要例寫出以便初學亦似有益又甞病讀春秋者只知讀左氏而不讀正經欲節取左氏傳文議論叙事本末終始依倣通鑑綱目作小字註之經文之下以類相從各附本句凡左

氏浮夸乖異之語皆刪去之秦漢以來大儒先生之
言及諸家說可取者亦略節取附注其後庶觀春秋
者有以考傳讀左氏者亦知有經其大旨一以朱子
爲本而達于張程以求聖人之意不審高明以爲如
何其他所欲言者甚衆千里相望渺不可得極思向
來承晤之樂復何時而可遂耶伏紙引領不勝馳情
因便不惜痛加鞭策至幸至幸此固惟王仲安時相
見渠讀四書甚有得處時與之語亦多有警助去歲
又得一王儀伯年二十五六曾從董宗道受四書詩

經傳好學不倦作文字亦可觀歲一至中山時來晤
語也

元文類卷之三十七

元文類卷之三十八

元　趙郡蘇天爵伯脩父編次
太原王守誠君實父校訂

說

唯諾說

劉　因

惟恭于諾何也曰各有所施也呼之則其音必内故唯以趨赴之若趨物而奉之也命之則其聲必外故諾以承受之若與物而受之也失其所施則文理從而亂矣豈但是乎凡物無無對者無無陰陽者而聲

亦然其意象之清濁闔闢亦莫不合也姑以進退存亡吉凶消長體之則可見矣此天機之所發而禮樂之所由生雖天地亦不知其所以然者豈但人乎物之聲亦然豈但聲乎凡形色氣味皆然也而况古今之時變事物之倫理聖人何嘗加損于其間哉雖妙此理而宰此事者心焉而已矣必盡夫心也然後聲爲律而身爲度苟爲不然幾何其不爲無適非道之道作用是性之性也

權說

何榮祖

或問權之爲說漢儒解之于前宋儒非之于後不識權者果何物也愚曰權亦事之宜也然則權與義同乎曰不同請聞其說曰有常之宜曰義臨時之宜曰權問者未達曰權之說如此不有害于道乎曰否孟子嘗言之矣權正謂害道者說也竊實思之盈天地之間往者過來者復裁制萬事變通無窮者惟其義而已葢仁者義之愛也智者義之辨也禮者義之儀也中者義之則也信者義之實也雖然人之情萬殊事之出萬變或愛有不可施智有不可用禮有不可

執中有不可定信有不可必是皆孟子所謂害道者也聖人知其然故曰可與共學未可與適道可與適道未可與立可與立未可與權夫權者聖人憂道之深謀處變之大用也如可乎可不可乎不可此義也或可之中有不可而不可之中有可此權也權與義無非道也然君子之用心所當日進者學也深造者道也謹守者義也不可預知者權也愚故曰有常之宜曰義臨時之宜曰權

無極而太極說

吳澂

太極者何也曰道也道而稱之曰太極何也曰假借之辭也道不可名也故假借可名之器以名之也以其天地萬物之所共由也則名之曰道道者大路也以其條派縷脉之微密也則名之曰理理者玉膚也皆假借而爲稱者也貞實無妄曰誠全體自然曰天主宰造化曰帝妙用不測曰神付與萬物曰命物受以生曰性得此性曰德具于心曰仁天地萬物之統會曰太極道也理也誠也天也帝也神也命也性也德也仁也太極也名雖不同其實一也極屋棟之名

也屋之脊檁曰棟就一屋而言惟脊檁至高至上無以加之故曰極而凡物之統會處因假借其義而名爲極焉辰極皇極之類是也道者天地萬物之統會至尊至貴無以加者故亦假借屋棟之名而稱之曰極也然則何以謂之太曰太之爲言大之至甚也夫屋極者屋棟爲一屋之極而已辰極者非辰爲天體之極而已皇極者人君一身爲天下衆人之極而已以至設官爲民之極京師爲四方之極皆不過指一物一處而言也道者天地萬物之極也雖假借極之

一字强爲稱號而曾何足以擬議其髣髴哉故又盡其辭而曰太極者蓋曰此極乃甚大之極非若一物一處之極也然彼一物一處之極極之小者耳此天地萬物之極極之至大者也故曰太極邵子曰道爲太極太祖問曰何物最大荅者曰道理最大其斯之謂歟然則何以謂之無極曰道爲天地萬物之體而無體謂之太極而非有一物在一處可得而指名之也故曰無極易曰神無方易無體詩曰上天之載無聲無臭其斯之謂歟然則無極而太極何也曰屋極

辰極皇極民極四方之極凡物之號爲極者皆有可得而指名者也是則有所謂極也道也者無形無象無可執著雖稱曰極而無所謂極也雖無所謂極而實爲天地萬物之極故曰無極而太極

致慤亭說

吳澂

墓焉而體魄安廟焉而神魂聚人子之所以孝于其親者二端而已何也人之生也神與體合而其死也神與體離以其離而二也故于其可見而疑于無知者謹藏之而不忍見其亡于其不可見而疑于有知

者勤求之而如或見其存藏之而不忍見其亡葬之道也求之而如或見其存祭之道也葬之日送形而往于墓葬之後迎精而返于家也一旬之内五祭而不爲數惟恐其未聚也及其除喪而遷于廟也一歲之内四祭而不敢疏惟恐其或散也家有廟廟有主祭之禮于家不于墓也墓也者親之體魄所藏而神魂之聚不在是以時展省焉展省之禮非祭也近代所謂祭者或隆于墟墓而略于家夫伊川野祭古所深慨習俗之由來漸矣不有禮以稽其弊則雖豪傑

之士亦且因仍而莫怪予嘗適野見車馬蔽道士女盈盈于墟墓之間少長咸集攀號悲泣彷彿初喪之亦未嘗不嘉其孝誠之篤而亦不能不歎夫古禮之泯也荏平梁潤之篤于親者作亭墓間朝之聞人爲扁曰致慤或者又引祭義以發明之俾梁氏孝思悠悠不能已其言豈無助哉雖然祭義所云皆廟祭之事非可施之墟墓間也梁之子宜國子伴讀復請于予予以古人之正禮告禮有其義人之報本反始求之于有而不求之于無非達鬼神之情狀者未易語

此京兆蕭君曰爲祠堂于所居揭斯扁于齋室庶乎其可斯言也不亦善于禮矣夫

李侯諸子名字說　虞集

河東李侯有子若姪七人皆長矣一日悉命以名而字之曰思慎字克孝者侯之兄子也曰思謹字克忠曰思善字克敏者侯仲弟之子也曰思德字克畯者侯之子也曰思眞字克固曰思信字克誠曰思勤字克敏者侯季弟之子也其取諸字義者蓋因其性之所近而捄其習之所偏以示勉勵警戒之意云于是

以告虞集曰願有以申其說使昭然知所以爲教者永久不忘也集曰古者筮賓而冠既冠而字則辭而祝焉禮也而集不令不足爲之辭不敢當也且知子莫若父其所以命子者宜必深切而至當矣爲子者受言藏之而用力焉華其所未善勉其所未能克其所未至則一言也終身行之而有餘矣不然則雖使儒生數十更咻而迭喻之亦何益哉雖然集不敏忝以誦道古訓爲職事其敢固辭乎乃祝之曰勗爾思愼必戒必懼以事爾親爾不克愼不孝之名將在爾

身可不愼哉𠢐爾思謹必競其業以事于君爾不克謹不忠之名將累爾親可不謹哉𠢐爾思善善固爾有爾不加敏善曷能至𠢐爾思德德禀自天旣畯且明勿虧其全貞德之固信德之實勉哉爾勤三思勿失旣視巳又語之曰謹愼勤以行言也善與德以得諸天而有諸巳者爲言也貞信以德中之一事而爲言也大抵皆文之美者也文之美者遽數之不能旣其類七言者又安足以盡之要其歸在于能思而巳箕子曰思曰睿睿作聖孟子曰思則得之不思則不

得也至哉思乎一有不思則愼謹者肆而勉者惰矣善不明而德不立矣貞者不貞而信者不信矣思之哉思之哉苟思之則忠孝而下凡百行之美無不能矣二三子思之哉終日不食以思終夜不寢以思則父命之嚴必能深求其意而有立于成矣然則吾見李氏之子孫福祿方來而未艾也二三子勉之哉

蘇君字說　虞槃

趙郡蘇君閒爲槃曰吾名天爵字伯修願子爲我著其說俾因是有省蓋庶幾朋友之義也槃聞之曰大

矣哉子之所以爲名也槃嘗惕然思俛然學于是矣昔者孔子曰修己以敬子思子曰修道之謂教何謂己目之視耳之聽心之思也何謂道仁之于父子義之于君臣禮之節文智之辨别也修之如何視極其明而無所不見也聽極其聰而無所不聞也思極其睿而無所往而不通也是之謂敬由其仁而親疎之殺無不愛由其義而貴賤之等無不宜由其節文而委曲無不得其當由其辨别而是非無不致其察是之謂教嗟夫人之所以爲人者具于吾身而耳目之

用著焉接于吾身而君臣父子之理交焉舍是其無以致其修矣然而聰明之所運用仁義之所擴充者尤不可以不博也動焉而念慮之詳事爲之著也感焉而天地鬼神之變鳥獸草木之宜也苟皆有以窮其理而致其知則學愈博守愈約修之道不已至乎或曰器物必弊也而後修治之文采必晦也而後修明之若人之所以爲人其體何具何俟于脩嗚呼爲是說者亦將清淨寂滅之歸而姑爲是無證之言也卞之玉也宗谿之金也非素爲器也脩其職而器成

焉和之弓也垂之竹矢也非素能巧也脩其業而巧著焉故琢也範也弦也剡也而工化其質瑚璉也戈矛也弓與矢也而物致其用由是言之學者斂于修而已斂于修則體無不具而用無不周其亦有外此而可以言學者乎孟子曰聖人百世之師也伯夷柳下惠是也伯夷柳下惠無以異于衆人也而可以爲百世之師者何哉修其身而已耳書曰慎厥身修思永則願與吾子共勉之也

題跋

跋金國名公書

元好問

任南麓書如老法家斷獄網密文峻不免嚴而少恩使之治京兆亦當不在趙張三王之下黃山書如深山道人草衣木食不可以衣冠禮樂束縛遠而望之知其爲風塵物表黃華書如東晉名流往往以風流自命如封胡羯末猶有醞籍可觀閑閑公書如本色頭陀學至無學橫說豎說無非般若百年以來以書名者多矣宇文大學升通王體部無競蔡丞相伯堅父子吳深州彥高高待制子文耳目所接見行輩相

後先爲一時任高麗趙黃山趙禮部龎都運才卿史集賢季宏王都勾清卿許司諫道眞爲一時若党承旨正書八分閑閑以爲百年以來無與比者篆字則李陽氷以後一人郭忠恕徐常侍不論今卷中諸公書皆備而行溪獨見遺正如鄴中賓客應劉徐阮皆天下之選使坐無陳思王　則亦不得不爲西園清夜惜也

跋趙太常擬試賦藁後　　楊奐

金大定中君臣上下以淳德相尚學校自京師達于

郡國專事經術教養故士大夫之學少華而多實明昌以後朝野無事侈靡成風喜歌詩故士大夫之學多華而少實上病其然也當泰和丙寅春二月二十五日萬寧宮試貢士總兩科無慮千三百輩上躬命賦題曰日合天統侍臣初甚難之而大常卿北京趙公適充御前讀卷官獨以謂不難即日奏賦議乃定旣而中選者纔二十有八人僕時甫冠獲試廷下而席屋偶居前列朝隮聞異香出殿檽間一紫衣顧予起問題之難易及名氏里貫年齒而去少頃復相慶

曰適駕至矣薄暮出宮傳以爲希遇嘗退而志之後四十五年僕以河南漕長告老于燕過大常之孫承祖家得所擬賦感念存没不能不惘然爲叙其末并以舊詩歸之所謂月澹長楊曉色清天題飛下寂無聲南山霧豹文章在北海雲鵬羽翼成玉檻玲瓏紅露重金爐縹緲翠烟輕誰言半夜曾前席白日君王問賈生者是詩少作也無可取以其紀一時之事庶附趙氏家傳或見于後世云

題中州詩集後

家鉉翁

世之治也三光五岳之氣鍾而爲一代人物其生乎中原奮乎齊魯汴洛之間者固中州人物也亦有生于四方奮于遐外而道學文章爲世所宗功化德業被于海內雖謂之中州人物可也蓋天爲斯世而生斯人氣化之全光岳之英實萃于是一方豈得而私其有哉迨夫宇縣中分南北異壤而論道統之所自來必曰宗于某言文脉之所從出必曰派于某又莫非盛時人物範模憲度之所流衍故壤地有南北而人物無南北道統文脉無南北雖在萬里外皆中州

也況于在中州者乎余嘗有見于此自燕徙而河間稍得與儒冠縉紳遊暇日獲覩遺山元子所裒中州集者百年而上南北名人節士鉅儒達官所爲詩與其平生出處大致皆采錄不遺而宋建炎以後銜命見留與留而得歸者其所爲詩與其大節始終亦復見紀凡十卷總而名之曰中州集盛矣哉元子之爲此名也廣矣哉元子之用心也夫生于中原而視九州四海之人物猶吾同國之人生于數十百年後而視數十百年前人物猶吾生茲世之人片言一善殘

編佚詩搜訪惟恐其不能盡余于是知元子胸懷卓犖過人遠甚彼小智自私者同室藩籬一家爾浸視元子之宏度偉識溟涬下風矣嗚呼若元子者可謂天下士矣數百載之下必有謂予言爲然者

跋崔清獻公洪忠文公帖　牟巘

宋嘉定中清獻崔公以次對師蜀其後遂制置西事賓客從者忠文洪公實預幾翰崔公清規重德洪公雄文直道參會一時蜀人紀之以爲殆過石湖放翁也崔公出蜀歸臥五年杜門謝病而洪公以考功郎

論巴陵事得罪擯天目山下端平改紀崔公遂相白麻一出天下傾想風采公力辭不拜御筆手詔旁午于道朝臣中使守門趣發公訖不起以至謝事是時亦起洪公爲臺諫給舍爲兩制論駁不少貶顧以病不大用賓主相爲始終盡如此至是丙申得覩兩帖于唐思善家爲之感歎崔帖後有中書省印乃程滄洲家舊物云

書張侯言行錄後　　徒單公履

嘗讀莊周書見其爲養虎之說曰善養虎者當時其

饑飽而違其怒心竊謂莊周出世之士當治其浮游猖狂之說乃引類取譬得用權之法余因周之說而且有所感焉士之出身以仕于時者天豈不欲得仁人君子與之共圖回天下之事哉不幸而當世道失平之日其所遭際多強悍勃惡剛獷暴露之人猶之虎也苟一旦爭是非于庭辯之際是以生物全物與之彼將不勝其怒甘心以求逞則決裂之禍至矣其于國計何如耶僕因閱澹游王公所狀張君行事見其待東帥未嘗逆其盛氣得與之相終始而無敗事

之失巧乎道術之士其知莊周養虎之說而達其怒心者乎士生不辰有能高蹈遠引如夷齊魯連子則無說矣審不能爲是舉當以張侯行事爲處身之法其無調虎以取反噬之禍撓敗國計貽世人嗤笑

記太極圖後

劉因

太極圖朱子發謂周子得于穆伯長而胡仁仲因之遂亦謂穆特周子學之一師陸子靜因之遂亦以朱錄爲有考而潘誌之不足據也蓋胡氏兄弟于希夷不能無少譏議是以謂周子爲非止爲种穆之學者

陸氏兄弟以希夷爲老氏之學而欲其當謬加無極之貴而有所顧籍于周子也然其實則穆死于明道元年而周子時年十四矣是朱氏胡氏陸氏不惟不攷乎潘誌之過而又不攷乎此之過也然始也朱子見潘誌知圖爲周子所自作而非有所受于人也于乾道已丑巳叙于通書之後矣後八年記書堂則亦曰不由師傳默契道體實天之所畀也又十年因見張詠事有陰陽之語與圖說意頗合以詠學于希夷者也故謂是說之傳固有端緒至于先生然後待之

于心無所不貫于是始爲此圖以發其祕爾又八年而爲圖書法釋則復云莫或知其師傳之所自葢前之爲說者乃復疑而未定矣豈亦不孜乎此故其爲說之不決于一也而或又謂周子與胡宿邵古同事潤州一浮屠而傳其易書此葢與謂邵氏之學因其毋舊爲某氏妾藏其亡夫遺書以歸邵氏者同爲淺薄不根之說也然而周子邵子之學先天太極之圖雖不敢必其所傳之出于一而其理則未嘗不一而其理之出于河圖者則又未嘗不一也夫河圖之中

宮則先天圖之所謂無極所謂太極所謂道與心者也先天圖之所謂無極所謂太極所謂道與心者即太極圖之所謂無極而太極所謂太極本無極所謂人之所以最靈者也河圖之東北陽之二生數統夫陰之云成數則先天圖之左方震一離兌二乾三者也先天圖之左方震一離兌二乾三者即太極圖之左方陽動者也其兌離之爲陽中之陰即陽動中之爲陰靜之根者也河圖之西南陰之二生數統天陽之二成數則先天圖之右方巽四坎艮五坤六者也

先天之右方巽四坎艮五坤六者即太極右之右方陰静者也其坎艮之爲陰中之動者即陰静中之爲陽動之根者也河圖之奇偶即先天太極圖之所謂陰陽而陽陽皆乾凡陰皆坤也河圖先天太極圖之左方皆離之象也右方皆坎之象也是以河圖水火居南北之極先天圖坎離列左右之門太極圖陽變陰合而即生水火也至元丙子八月望日静修新齋記

跋懷素藏貞律公二帖後　　劉因

顏魯公自其九世祖騰之至公以能書名天下者凡十人而頵頍不與焉其淵源已如此而其父已傳法于殷仲容而公又會意于張長史今見懷素此帖所云則知公之講習于師友者又如此嗚呼書一藝也必欲其精而猶如是矧其大者乎帖後有文潞公呂汲公趙懿簡劉忠肅諸公元祐四年跋語是年潞公以元老平章軍國事方辭去不得而汲公爲宰相懿簡爲樞密忠肅公爲御史吁亦盛矣哉後游師雄刻此帖于長安則八年九月也宣仁后實以是月崩而

明年已非元祐矣宋之治亂于此焉分又所以發予之歎也此雖一帖而有可鑒者二故併書于後以傳覽者云至元丁丑七月巳亥容臣劉因書

題党懷英八分書　胡祇遹

文章與時高下唐不如漢漢不如三代党竹溪在金朝爲第一流方之梁鵠蔡邕鍾繇一何遼哉僅能得韓擇木之髣髴耳

元文類卷之三十九

元　趙郡蘇天爵伯脩父編次

太原王守誠君實父挍訂

題跋

書李伯時九歌圖後　吳澂

九歌者何楚巫之歌也巫以歌舞事神手舞而口歌之九歌之目天神五人鬼二地示一俱非楚國所當祀而況間乎物魅一人非人類所與接也然則楚巫事之而有歌何耶古荆蠻之地中國政化之所不及

先王禮教之所不行其俗好鬼而多淫祀所由來遠矣三閭大夫不獲乎上去國而南覩淫祀之非禮聆巫歌之不辭憤悶中託以抒情擬作九篇旣有以易其荒淫媟慢之言又借以寄吾忠愛繾綣之意後世文人之擬琴操擬樂府肇于此琴操樂府古有其名亦有其辭而其辭鄙淺初蓋出于賤工野人之口君子不道也韓退之作十琴操李太白諸人作樂府諸篇皆承襲舊名撰造新語猶屈原之九歌也太一天神也按天官書中宮有太一星非此之謂禮記云禮

本于太一莊子云主之以太一太一者天地之始也主宰之帝故曰上皇祠在楚東故曰東皇猶泰祠白帝于西畤也司命亦天神也周祀所祀有司中司命註以爲星非也司命者萬物之毋也有大有少周禮一爲司中一爲司命中者民受中以生之中命者陰陽五行化生萬物之命也東君日神也禮云春朝朝日又云王宮祭日祀于東方故曰東君雲中君雲神也周禮祀風師雨師而不言祀雲雲師雨之屬也固宜有祀或謂楚有雲夢二澤雲澤謂之雲中夢澤謂

之夢中雲中君雲澤之神考之歌辭曰日月齊光曰龍駕帝服曰猋遠舉曰橫四海乃天雲非雲澤也湘君湘夫人之稱黄陵廟碑楚辭辯證備矣太一尊神歌辭獨簡質而莊重擇日辰盛服飾潔器物備音樂以致其尊奉臣之脩其忠善以事君猶是也司命雲日言神既來而過去以況君始親巳而後疏之于皇英欲一見而不可得以況巳欲見君納忠而卒不荅也河伯與巫既别而波迎魚媵近于古者三有禮焉之遺風而楚之于原不如是故集註有云原豈至是

而始歎君恩之薄乎八篇兹以神况君山鬼物魅耳
不可以況君也故原特變上八篇之例不作巫語而
作鬼語言鬼欲親人而人不親之以况己欲親君而
君不親己也夫此歌假設之辭與戲劇何異而唯恐
引喻失當有乖尊卑之禮敬之至也九歌之後有二
篇國殤者爲國死難之殤禮魂者以禮善終之魂年
十九以下死曰殤不終其天年而死亦曰殤春蘭秋
菊終古無絶四時祖考之常祭也前之九歌原託以
伸己意後之二篇無所託意止爲巫者禮神之辭而

已葢與九篇不同時後人從其類而附焉此畫李伯時所作伯時畫妙一世而或傳此畫若有神助然葢其九得意者予在洪都郡守毛侯出示予旣爲作解題而復檃括九篇歌辭成詩一篇與諷之意雖微不同而明原之心其趨一也嗚呼千載而下能有契于原之心者尚有味于予之言哉李家畫手入神品楚賢流風清凜凜誰遣巫陽叫帝閽爲招江上歸來魂音紛紛音紛紛柱高辰遠聽不聞扶桑初暾海横雲二妃淚灑重華墳司命播物泥在鈞洪纖厚薄無齊

勻公無渡公無渡衝風起螭鼉怒夜猿啾啾天欲雨天欲雨迷歸路歲晏山中採蘭杜靈脩顧顧復去莫怨瑤臺神女妒坎坎鼓進芳醑恥作蠻巫小腰舞千年往事今如新摩挲舊書空愴神騰身輕舉一回首楚天萬里江湖春

書貢仲章文稾後　吳澂

理到氣昌意精辭達如星燦雲爛如風行水流文之上也初不待偭強其言謇澁其句怪僻其字隱晦其意而後工且奇噫茲事微矣名于唐者二名于宋者

五而巳亦惟艱哉仲章江南之英與吾鄧善之袁伯長俱掌撰述于朝各能以文自見蔚乎其交蔭炳乎其爭輝予有望焉予來京仲章將有上京之役示予新作數十溫然粹然得典雅之體視求工好奇而卒不工不善者相去萬萬也讀之竟喜之深書此而歸其衮夫上有所規下有所違正有所本旁有所參韓柳氏自陳其所得甚悉暇日善之伯長切磋究之又必有以起予也

書邢氏賢行　　吳澂

晉散騎侍郎賀喬妻于氏養其夫仲兄賀群之子率爲子乳哺鞠育同于己生使喬廣置側媵後有妾子曰纂于亦子之今觀大同穆氏妻邢氏子夫兄之子與夫妾之子恩勤備極二事適相類然于氏爲士大夫之妻通經史能文章咸和五年上表于朝援引古今辭義蔚然以此婦人而有賢行同其宜也邢氏生長民閒非有見聞之益數學之功也而其賢不減於于可不謂難能者哉嗚呼近世士大夫不能正身以御家縱其妻悍妒無道無子而不肯子兄弟之子鉗

制其夫不令有妾阻隔其妾不令有子卒至絕嗣爲不祀之鬼者吾見多矣聞邢氏之風獨不內愧于心乎夫婦人無非無儀豈欲善譽之聞于人而君子樂稱邢氏之賢亦將愧夫世之不賢者也

跋盧龍趙氏族譜後

元明善

余嘗述元氏族譜四世以上不能原其所自毎悲之及觀盧龍趙氏之譜繼繼承承的然可考葢四百許年十有三世矣嗚呼是不徒偉人碩士豐功盛烈以永今垂亦肖子哲孫克衍其世世爲之譜乃能是蕃

且大也今夫天下之人孰非大姓之苗裔哉非大姓何以有氏于今惟其不幸而失其傳或昧者不知所述故有不能遠知其世而爲之悲者余于是謂則然矣凡大夫士之讀是者亦豈漠然而無所感哉故夫趙君之藏之也不但厚于其家而已也

題善學纂要後　袁裒

余旣粹集書法大略雖備而古人工拙則不在于此因復思漢魏以降書雖不同大抵皆有分隸餘風故其體質高古及至三王始復大變右軍用筆内擫而

收斂故森嚴而有法度大令用筆外拓而開廓故散朗而多姿貞觀以後書法清婉亦由接武六朝餘風未散至開元以後乃務重濁李北海專事奇崛徐會稽全師褉序至顏太師一變爲方整規矩然平原畫贊乃展逸少者耳下及沈柳各命新體至楊李而極逮至王著始追蹤永師遠迹二王故世所傳神化閣帖猶不失古人意度者以出于著故也慶曆以來唯君謨特守法度眉山豫章一掃故常米薛二蔡大出新奇雖皆有所祖襲而古風蕩然南渡而後思陵大

萃衆美筋骨過婉吳傳朋規倣孫過庭姿媚傷妍近世姜堯章迴脱脂粉一洗塵俗有如山人隱者難登廊廟葢專工氣韻則有旁風急雨之失太守繩墨則貽叉手竝脚之譏大要探古人之玄微極前代之功巧乃爲至妙夫古人所以窮極絶巧者以得眞蹟臨摹也今去古既遠重經喪亂眞蹟愈少閣帖數行價逾金玉窮鄉學士何由獲窺加以傳模之餘失眞益甚今世師閣本者多尚肥美倣絳刻者率務奇勁苟記憶所遺本態呈露致使學者訛以承訛謬以襲謬

殊不知前乎千百載之先崔蔡張鍾之徒復何所倣像而爲之哉良以心融神會意達巧臻生變化于豪端起形模于象外諸所具述咸有其由必如庖丁之目無全牛由基之矢不虛發斯爲盡美老子曰通乎一萬事畢此之謂也雖然黄太史有言士大夫下筆須使有數萬卷書氣象始無俗態不然一楷書吏耳初何足云小子其尚識之

跋歐書皇甫誕碑本　袁桷

渤海公以險勁易王體故碑石照耀四裔大小皆合

宜右軍世傳皆小楷霜寒帖稍展至筆陣圖則疑非眞再傳爲千文爲廟堂碑確守繩墨稍廣拓非歐不能余嘗評歐書化度第一皇甫碑與溫恭公伯仲臨池積年必領其妙余幼不學書酷喜藏歷代金石覽此益重自棄之歎

書堂邑張令去思碑後　　虞集

至大二年夏五月余受國子助教入京師舟過會通河會河間運司括行舟取鹽海中余亦爲津吏訶上食于逆旅之主人未具主人曰起公府有急逮至者

衆避長席予之予更他席坐察來者意甚沮相顧曰張令在寧有是哉予因問張令如何皆進曰官買物數月不予直民寧不願待願歸治生而縣益亟追以來終不得直部使者以責吏而又徵我曹令道路府史之費且十倍吾安用得直爲張令時官有徵買皆親載錢至市若鄉悉召父老大家甲乙立告以縣官所須與物賈使自推擇當賣所有者指名即受買書牘期某日以其物詣其所吏無所出入是以事集而民不知且令行縣中無忤視民甚畏愛之市井婦稚

無惡言強壯無狠鬬卽有訟令親詰諭往往悔悟去或有當問卽攝牘置案上一不以示吏手書當問者鄉里姓名縣門其人如約至亦知令得實不煩鞫治卽承罪謝去以爲常縣始多無名人竄迹吏舍中鈎民爲訟使兩不得解因以持令佐伸縮爲巳利至是無所得志皆自免歸田圃令去稍稍復來矣旣而予憩道傍大樹下有二三父老行且睨皆依樹坐久之忽悵然曰客書生耶吾令張君亦書生也皆爭言張令催科時告民曰民有戶小賦寡力不足自致府者

勿予鄉正里長其會諸令所三日小民悉自致所賦詣令令揔其戶之所出親至府上之而大家亦無後期者今去爲太子文學吾賦爲鄉正里長徵去隨用之不以入官期旣迫官疏不入賦者逮治之我等奔走失業家且破矣悲哉寧復有張令乎予顧從者曰小子識之是吾友人濟南張希孟也明年見翰林直學士元復初爲堂邑人作張君去思碑因錄著其後云君自文學爲監察御史遷翰林待今爲右司郎官

書五贊善家傳後　虞　集

太子贊善王公受知世祖皇帝以正道經術輔翊裕祖有古師傅之誼裕宗嘗問歷代治亂公以遼金事近接耳目卽爲區別善惡而論著得失深切世用蓋二十萬言上之藏其草于家不以示人國史紀述亦未及訪求也覯其受命于世祖者誠非徒加貴名以爲具臣者哉世祖皇帝擇勳戚子弟學于公師道卓然及公從裕宗撫軍稱海始以諸生屬許文正名臣自是多學而國學之制興矣然世言國學者初不知肇始于公也世祖皇帝將治曆頒正朔天下知公妙

筭術舉以命之公曰曆法可知也非明曆理不足與共事即請留許公於既退而授時曆成公曰命南北爲曆學者總古今曆法四十餘家是曆無愧矣然必每歲測驗修改然後不復有先後時之弊而言曆者知守成式而已今四十餘年公之微意莫或識之而遂謂公以陰陽名家尚得爲知言也哉予竊好論次舊事常以爲非職守不敢越爲之獨思昔人之立志行事其情微略不見白于後世誠亦君子之所不忍者哉及得贊善公家傳于其孫植將約而志之會植

趙高唐州判官行且有日故不暇爲也姑爲表其當著于世而時人不能共知道者

書玄玄贅藁後　虞集

人之于文也猶日月之有輝光山川之出雲雨草木之有華實也時至氣應感遇于事物之動而發見焉無所容其私心也而以私心秉之者則糾纏蕪穢奇險僻陋狂妄之病有不可勝討者焉是故天下之文鮮矣夫唯常爲于不得不爲因其所當爲而道之無一豪故爲之意攙搶乎其間則天下之至文煥然著

見不可掩矣而非知道不能也何也知道則無嬰兒女婦之見而有天下後世之慮矣以其有天下後世之慮也故不得已于言而言以其無嬰兒女婦之見也故時寓于言以自適其性情一無累其客情浮氣之妄動古之人之名世者槩出于此而已矣而此其所存爲何在也而謂有可娟嫉者非知文者也而况道乎集于所謂文者葢嘗好而習之人或曰此爲詞章者也于是不必言而强言之以相長于一日其自媿于中多矣且夫身之所處非深有交于物變之可

愽者而又生當太平之盛從容優游于言語文字之間不亦可乎觀于玄玄贅稾而三歎焉玄玄贅稾者龍虎山高士吳君玄初所爲詩文也玄初服黄冠以自隱無所營于時故無所爭于人無所礙于物交游天下之名士詩文往來皆一時之盛者其言溫而肆清而容雜而不厭無所迫于憂患無所溺于宴安豈幾于道者之爲乎蓋集聞之玄初嘗爲雷空山先生學先生臨川人集幼時嘗得其老子莊子說而讀之未盡解也以請于吳幼清先生先生曰嘻非孺子所

知也後當知之後十餘年集來京師見今翰林待制袁公伯長作空山墓銘而後歎曰嗟夫易老之相表裏久矣世之知者或寡矣孰允蹈之而措諸辭以示人者乎今又十五年思空山之高致而不可見乃于玄初焉而見其傳緒之微矣不然玄初何以能若是也集于是深有儆焉故書而識之君子庶有以諒其心也夫

書王貞言事　　虞集

至治癸亥八月七日夜半赤斤帖木兒帖木而不花

稱使扣北門入坐中書未明召集百官奪其印入呂樞密院掾史王貞見其完顏副樞于都堂後西北廡下告之曰大行晏駕丞相死中書樞密無至者二人實來赤斤帖木兒者累朝退黜不用帖木兒不花者亦在散地誰使之耶兵權所在印豈可以授人貞職在治文書爾然臣子之分則均不敢不言副樞愀然歎曰大夫帖赤也貞因以其說遍告樞府大臣及其幕府請急執二使與中書同問治院官親與名將急行統山後軍擒賊使不致有他變別遣官吏將兵民

守闗隘而遣使西出逹今上潛邸請早至大都庶幾宥密大臣之事不然則國未可知而諸公之罪大矣聞者震栗是之而不敢發也聖上旣行天誅樞密院差貞從官長迎駕輿和還至大都中書召貞爲丞相掾吉字吉爾保定唐縣人

史官曰義者天下之公也順逆之辨人心安有不同然者哉知覺則同而臨事之際隱忍巽懦卒無以充其明而狃于患失以自陷于不義者志不足以命氣而制其欲故也若貞之言其發于義者勇矣然人之

立事立功也則有時有位有才矣有其才而無其位有其位而無其才皆不足以有成二者得矣又必當其時之可否焉此事之所以難也觀貞之言才可知矣所論亦當其時已而其位則不過得言之耳故備錄之以待採擇紀載云

書經筵奏議藁後　虞集

泰定元年春皇帝始御經筵皆以國語所說書而進讀左丞相專領之凡再進講而駕幸上都次北口以講臣多高年召王結及集執經從行至察院行宮又

以講事亟召中書平章張公珪遂皆給傳與李家赤等俱行是秋將還皆拜金紋對衣之賜獨遣人就賜趙公簡于浙省加白金焉賞言功也四年之間以宰執與者張公珪之後則中書右丞許公思敬與今趙公世延也御史臺則中丞撒迭迷失而任潤譯講讀之事者翰林則丞旨也先帖本而忽都魯禿魯迷失學士吳澂幼清阿魯威叔重曹元用子貞撒撒干伯贍燕赤信臣馬祖常伯庸及集待制彭寅亮允道吳律伯儀應奉許維則孝思也集賢則大學士趙公簡

藏甫學士王結儀伯鄧文原善之也李家奴德元買閭仲章皆禮部尚書吳秉道彦弘中書叅議張起岩夢臣中書右司郎中也或先或後或去或留或從或否或久或近而集與燕赤則四歲皆在此行者也今大丞相自爰立後每講必與左丞相同侍而張公既歸老獨帶知經筵事皆盛事也今年春趙集賢始以建議召入侍講一日既進書待命殿廬趙集賢慨然歎曰于是四年矣未聞一政事之行一議論之出顯有取于經筵者將無虛文乎集乃言曰鄉者公奏熒

惑退舍事王音若曰講官去歲嘗及此又欲方册便觀覽命西域工人擣楮爲帙刻皮鏤金以護之凡廿枚專屬燕赤繕錄前後所進書以此觀之簡在上心明矣誠使少留淵衷則見于德業者何可得而名哉且先儒有言政不足適人不與閒其要格心而已然則所慮者言不足以達聖賢之旨誠不足以感神明之通吾積吾誠云耳他不敢知也然而集賢懶懶懇切至于孟子之所謂夫恭敬者蓋可見焉故併書奏議藁後而歸之四年十二月朔旦書

題吳傳朋書及李唐山水

虞　集

予幼過豫章見滕王閣牓吳公傳朋所題也裴回顧瞻歎其深穩端潤非近時怒張筋脉屈折生柴之態後聞宋阜陵欲易其九里松題至十數御筆墨而卒不能及因使塗字以金而署之當時固善人君之服善無我而亦深知吳公之書之真不可及也大抵宋人書自蔡居謨以上猶有前代意其後坡谷出遂風靡從之而魏晉之法盡矣米元章薛紹彭黃長睿諸公方知古法而長睿所書不逮所言紹彭最佳而世

遂不傳米氏父子書最盛行舉世學其奇怪不惟江南爲然金朝有用其法者亦以善書得名而流弊南方特盛遂有于湖之險至于卽之之惡謬極矣至元初士大夫多學顏書雖刻鵠不成尚可類鶩而宋末知張之謬者乃多尚歐率更書纖弱僅如編葦亦氣運使然耶自吳興趙公子昂出學書者始知以晉名書然吾父執姚先生嘗云此吳興也而謂之晉可乎此言益深得之予比過吳越見傳朋書最多皆隨分賛歎且圖來者稍守正法云耳此卷又以李唐山水

經之亦好事者蓋書畫同一法耳後來畫者略無用筆故不足觀此畫乃直如書字正得古象形之意甚爲可嘉因劉掾執卷求題爲座客言如此悉書之云集時目疾在告以公牘與史館曰執筆唯憑于手熟爲文毋事于尸占非飾辭也

跋蘇氏家藏雜帖　宋本

今人以行草名者多蘇伯脩家藏雜帖一卷嘗試就卷中所有許之鮮于困學如雲間公子玉骨横秋富貴風流仍復度世胡紹開如拙工鑄鼎横範未精況

重低哨似奇實陋姚先生如上帝陰兵舉世不識恍惚變現要以氣勝盧疎齋如叢祠野屋繪畫風雷雖復駭人却非塵俗張大經如油翁獻技錢孔不濡運杓自然不過熟耳苟正甫如近郊田叟老不作業意度貞淳恨乏京樣王參政如勤婦作縑致力杼軸雖媿羅綺亦復遲壞周景遠如頭陀學佛頗見小乘苦行纖修或可證果予旣品題七八人者或謂蕭叔達身能作字故鍾繇韋遭其口吻子僅解操筆詎容歷詆殊不知食前方丈具于饔人舉狹一嘗甘辛立辨

正自不必手善烹調然後始識味也

題郎中蘇公墓誌銘後　　柳貫

自予遊京竊從廷臣知邊事者一二言和林城其地沃衍河流左右灌輸宜雜植黍麥故時屯田遺迹及居人井臼往往而在蓋陰山大漠益南數千里控扼形勢此爲雄要大德中邊廷嘗一擾矣亡幾天子爲輟右丞相順德忠獻王出莅其省事至則息兵勞農脩置通貨財而先是王所遣留屯稱海帥臣張某亦以其田功來上未踰年士氣民情安全如初王甍而

張亦溢死屯耕事即廢雖重臣踵接率蹈故常無復長慮後憂迨關陝變起倉猝馳潰卒數十百騎闖門來責軍實則上下顛躓失措兵民相顧幾無所繫屬賴皇靈震炬尋自引去而譌言屢驚猶越月踰時方大雪塞野饑人狼籍道上趙郡蘇公時以左右司郎中始至即白發倉實計口予食以哺之又下急符趣北境轉輸益募商人高估入粟克其儲偫縫紉調齊窮智畢力一年而端緒見二年而品式具滿三年而完庶樂遂人忘其艱即御史行邊者還言治狀朝廷

輒加慰勉方以代往逞公歸用之而公之精力已疲耗甫及京遂卒葢和林城國家始以宣慰使治其處于後建省常選勳戚大臣以鎭重之至郎吏亦優秩假寵其勞効灼灼則或階之以踐樞要然十數年來道路間可指稱者不過自王以及于公豈非以其時之所遭而易爲功歟予見當今藩府望僚持文墨議論以與其長相上下每軏于盛氣不得展布甚則挫辱詬駡出危語中傷之者皆是也以公斂裕肅給獨能諆行政施較著若是其所樹立有足動人矣使公

幸當王時策邊防利害一一爲王陳之必能精訓練備耕戰三二年中計稱海之粟足支竝塞數歲之食然後揚聲以暢天威將薄海以北無不嚮風讋服豈有黑子著面之足慮哉得其人而或失其時天下之事皆若是而已予讀公墓隧之碑而知其述作之意公所歷官其設施無一不可書和林之事紀載獨詳此則史氏特書之例也夫事以顯諸文文以實諸事虞君之爲是辭固以公之制行于古無戾其業盛則其言豐其理直則其法備不有得于今必有得于後

矣然予區區表而出之則以其不盡用者爲公悲而以其狃于宴安者爲世戒因予言而興起于斯文今不敢必其無人焉耳

元文類卷之四十

元

趙郡蘇天爵伯脩父編次

太原王守誠君實父校訂

雜著

經世大典序錄

欽惟欽天統聖至德誠功大文孝皇帝以上聖之資纂承大統聰明睿知度越古今至讓之誠格于上下重登大寶天命以凝于是闢延閣以端居守中心之至正慨念祖宗之基業旁觀載籍之傳聞思輯典章

之大成以示治平之永則迺天曆二年冬有旨命奎章閣學士院與翰林國史院參酌唐宋會要之體會粹國朝故實之文作爲成書賜名皇朝經世大典明年二月以國史自有著述命閣學士專率其屬而爲之太師丞相荅剌罕太平王臣燕帖木兒摠監其事翰林學士承旨大司徒臣阿鄰帖木兒奎章閣大學士臣忽都魯篤爾彌實奎章閣大學士中書右丞臣撒迪奎章閣大學士太禧宗禋使臣阿榮奎章閣承制學士僉樞密院事臣朶來並以耆舊近臣習于國

典任提調焉中書左丞臣張友諒御史中丞臣趙世安等以省臺之重表率百司簡牘具來供給無匱至于執筆纂脩則命奎章閣大學士中書平章政事臣趙世延而貳以臣虞集與學士院藝文監官屬分局脩撰又命禮部尚書臣巎巎擇文學儒士三十人給以筆札而繕寫之出内府之鈔以充用是年四月十六日開局倣六典之制分天地春夏秋冬之别用國史之例别置蒙古局于其上尊國事也其書悉取諸有司之掌故而脩飾潤色之通國語于爾雅去吏牘

之繫辭上送者無不備書遺亡者不敢擅補于是定其篇目凡十篇曰君事四臣事六君臨天下名號最重作帝號第一祖宗勳業具在史策心之精微用言以宣詢諸故老來諸紀載得其一二於千萬作帝訓第二風動天下莫大于制誥作帝制第三太宗其本也藩服其文也作帝系第四皆君事也蒙古局治之設官用人共理天下治其事者宜錄其成故作治典第五疆理廣袤古昔未有人民貢賦國用繫焉作賦典第六安上治民莫重于禮朝廷郊廟損益可知作

禮典第七肇基建業至于混一告成有績垂遠有規作政典第八政刑之設以輔禮樂仁厚爲本明愼爲要作憲典第九六官之職工居一焉國財民力不可不愼作工典第十皆臣事也以至順二年五月一日草具成書繕寫呈上臣集等皆以空疎之學謬叨委屬之隆才識旣凡見聞非廣或疎遠不知于避忌或草茅不識于憂虞諒其具藁之誠實欲更求是正疎略之罪所不敢逃竊觀唐會要創于蘇冕續于崔鉉至宋王溥而後成書宋會要始于王洙續于王珪至

汪大猷虞允文二百年間三脩三進竊惟祖宗之事業豈唐宋所可比方而國家萬萬年之基方源源而未已今之所述粗立其綱迺若國初之舊文以至四方之續報更加搜訪以待增脩重惟纂述之初猷實出聖明之獨斷假之以歲月豐之以廩餼給之以官府之書勞之以諸司之宴禮意優渥聖謨孔彰而纂脩臣僚貪冒恩私不稱旨意不勝兢懼之至惟陛下矜而恕之謹序

帝號

臣聞我國家之有天下也上配邃古之聖神繼天立極非若後世之興者也堯以唐侯興虞夏禪殷周繇契稷起蓋有所因而進者也三代而下莫盛于漢唐宋漢起亭長則已微矣唐啓晉陽之謀宋因陳橋之變得國之故其亦未盡善者乎其餘紛然竊據一隅妄立名字以相侵奪歷年不多者何足筭哉惟我聖朝則不然聖祖之生受命自天肇基朔土龍奮虎躍豪傑雲附歷艱難而志愈厲處高遠而氣彌昌神明協符以聖繼聖至我太祖皇帝而大命彰大號著大

位正矣于是東征西伐莫敢不庭大王小侯稽首奉命而聖子神孫德日以隆業日以盛靈旗所向如草偃風至于世祖皇帝天經地緯聖武神文無敵于天下矣試嘗論之金在中原加之以天討一鼓而取之得九州之腹心宋竊江南責之以失信數道而舉之致四海之混一若夫北庭回紇之部白霫高麗之族吐蕃河西之疆天竺大理之境蠭屯蟻聚俯伏內嚮何可勝數自古有國家者未若我朝之盛大者矣蓋聞世祖皇帝初易大蒙古之號而為大元也以為昔

之有國者或以所起之地或因所受之封爲不足法也故謂之元焉元也者大也大不足以盡之而謂之元者大之至也嗚呼制作若此所以啓萬萬年之基詎不信歟成宗皇帝繼統于太成武宗皇帝恢宏于盛業仁宗皇帝慈祥之政英宗皇帝神明之姿海内晏然衆庶寧一晉邸信用姦謀違于祖訓天怒人怨遂終厥身我今上皇帝應天順人義師克捷期月之間正位凝命而又克讓明宗皇帝出于至誠凡屬有生莫不感悦重居大寶誕受尊號于是任賢輔治崇

德報功體大臣而理群臣親九族而協黎庶人文備舉天道益彰頌聲作于朝廷泰和浹于荒裔治平之迹蓋有不勝其紀者嗚呼今天下垂黄戴白之民年七八十至于百歲者皆生于聖元有天下之日矣含哺鼓腹長子老孫至于世世長戴聖元日月之照臨長樂聖元雨露之涵育何其盛哉編年之書具載國史夫大天下之統一天下之心莫重于號著帝號篇

帝訓

臣聞聖祖神宗之盛德大業著在簡册昭如日星矣

惟聖心精微因言以宣者有不得而具聞焉采諸大臣故家有因事而親蒙教誠或傳誦而得諸見聞反以文書來上者悉輯而錄之以發其端後有可攷者得以次第而補之矣

帝制

臣聞古者典謨訓誥誓命之文或出于一時帝王之言或出于史臣之所脩潤其來尚矣國朝以國語訓勅者曰聖旨史臣代言者曰詔書謹列著于篇

帝系

臣聞自三皇五帝以來莫不衆建同姓以作藩輔詩曰本支百世葢重之也國家宗系外廷無得而聞焉考諸簡牘而可見者謹著之篇

帝系附錄

自古國家別本支樹藩屏以爲國家長久之計然維持之道葢必有禮法存乎其間聖朝宗藩之蕃且大自古莫及而累朝爲之法制以保之者有分地人民賜予之厚有車服官府符信封謚之貴有使命往來之禮有奉命征討之事有訓勑防閑之禁事在簡牘

可錄而傳者次第歲月而著之篇

治典總叙

書曰冢宰掌邦治天子擇宰相宰相擇百執事此爲治之本也故作治典其目則有官制沿革以見其名位品秩祿食之差有補吏入官之法以見用人之序附之以臣事者則居其官行其事其人其蹟之可述者也

制官

國家肇基朔方輔相之臣與凡百執事惟上所命其

各官皆因其事而命之方事征討重在軍旅之事故有萬戶千戶之目而治政刑則有斷事之官可謂簡要者矣既取中原定四方豪傑之來歸者或因其舊而命官若行省領省大元帥副元帥之屬者也或以上旨命之或諸王大臣總兵政者承制以命之若郡縣兵民賦稅之事外諸侯亦得自辟用蓋隨事創立未有定制世祖皇帝建元中統以來始采取故老諸儒之言考求前代之典立朝廷而建官府輔相者曰中書省本兵者曰樞密院主彈糾者曰御史臺以次

建置内外百司庶府各因其事而舉矣其在内者廢置陞降之因革政治之所繫也故不得不備考而紀之若夫宗戚之重莫重于宗正府今宗正所隸特重于姦盜詐僞之刑稼穡之本莫重于司農今勸樹藝者歲受其成目宣政總佛事而西域邊事之重係焉至于内廷東宫之官屬若國史翰林集賢之治文書宣徽之治王食將作之治營繕若此之類皆以重臣領之蓋國家盛大庶事浩繁其職掌之事視古昔幾至倍蓰故其官府之陞至于重大而其屬亦已繁多

日益月增其勢然也其後頗以官冗吏繁爲言數有詔裁減而卒未遑及亦有不得已者夫外之郡縣其朝廷遠者則鎭之以行中書省郡縣又遠于省若有邊徼之事者則置宣慰司以達之鹽鐵之類又别置官有軍旅之事分布於外者則置萬方府有大征討則置行樞密院無則廢舉刺之事則有行御史臺領監察御史肅政廉訪司以治之此其大凡也其詳各著于篇

三公

古者三公官不必備惟其人其職則寅亮天地爕理陰陽以論道經邦者也我國家以太師太傅太保爲三公自木華黎國王始爲太師凡爲三公者皆國之重臣而漢人惟劉秉忠爲太保其後鮮有聞惟贈官或有之又有所謂大司徒司徒太尉司空之屬或置或否其置者或開府或不開府而東宫嘗置三師三少不恒有也又有所謂開府儀同三武儀同三司者因金舊制謂之散官實無開府之儀云凡開府者則有參軍長史之屬附見于篇

宰臣年表

宰相者上承天子下統百司以治民庶治體之得失國勢之安否繫焉國初將相大臣年月疏闊簡牘未詳者則闕之中統建元以來執政之官其拜罷歲月之可考列表而書之政事因可得而見矣

各行省

國初分任軍民之事或稱行省無定制旣立都省車駕行幸都省官從而留都者亦謂之行省有征伐之事則或置行省與行樞密院迭爲廢置中統至元間

始分立行中書省有尚書省則爲行尚書省尚書廢則行省仍稱中書初以行省爲稱者雖有便宜承制之權而無職名留都所謂行中書省者不别設官因都省之留者而已其各處立行中書省因事設官官不必備皆以省官出領其事或才置參政僉省同僉之類其後至于設丞相其官皆以宰執行某處省事繫銜既而嫌于外重改爲某處行中書省平章若右丞左丞參政而其體始不與都省侔矣參政之下又嘗再置僉省後亦廢今天下行省凡十而有廢置遷

革者著于篇

入官

天子擇宰相宰相擇百官治天下之要用人而已建官之法有天下者之所慎也我國家之初任人惟其材能卒獲豪傑之用及得中原損益古今之制度而行之而用人之途不一親近莫若禁衛之臣所謂怯薛者然而任使有親疏職事有繁易歷時有久近門第有貴賤材器有大小故其得官也或大而宰輔或小而冗散不可齊也國人之備宿衛者浸長其屬則

以自貴不以外官爲達方天下未定軍旅方興介胄之士莫先焉故攻取有功之士皆世有其軍而官之事在樞府不統于吏部惟簿書期會金穀營造之事供給應對惟習于刀筆者爲適用于當時故自宰相百執事皆由此起而一時號稱人才者亦出于其間而政治繫之矣擇吏之初頗由于儒而所謂儒者姑貴其名而存之爾其自學校爲教官顯達者蓋鮮獨國學初以貴近就學而用之無常制其後歲有貢法而寖失初意矣其以文學見用于朝廷則時有尊異

者不皆然也至元以來數欲以科舉取進士議輒中止延祐始力置進士科三年一取不及百人爾世祖皇帝置國字以通語言其用人略如儒學之制而加達矣至于奉上官之任使奔走服役歲月既久亦皆得官雖細大有殊要皆爲正流矣乃宗王之有分地官府而保任之者與夫治酒漿飲食者執樂伎者爲弓矢衣甲車廬者治曆數陰陽醫藥者出納財賦者遠夷掌其部落者或身終其官或世守其業不得遷他官而有恩幸遭遇驟至貴近者有之非有司所得

制而陳言獻策納粟捕盜與勳舊之後裔權要之引進皆有其人焉而亦不常也凡入官之途大槩如此云

補吏

國朝入官之制自吏業進者爲多卿相守令于此焉出故補吏之法尤爲詳密今別而錄之雖有舊例也衡改者簡牘尚存則亦存之以備沿革之考譯史宣使通事知印奏差附見

儒學教官

世祖皇帝旣立國子學以教國人及公卿大夫之子

取其賢能俊秀而用之又推其法于天下而郡縣皆立學其司儒之命與朝廷者曰儒學教授路府上州則置焉蒙古字行則置蒙古字教授考滿皆入流而陰陽醫學亦倣置教授不與流選之考

軍官

武臣之入官也其始以功其子孫以世繼兹著其大槩詳在軍旅之典矣

錢穀官

國家既有中原國用所繫賦稅爲重而內附諸侯之

取諸民者寬急愛約各唯其意莫能一也世祖皇帝始制宣課官多擇明敏忠厚之士用之民用稍舒方是時郡縣之間唯利權爲要官及好聚斂者見用紛然建置官府民用弗堪今數十年之間稍有定制故凡錢穀之任有可考者則備書之以見其沿革云

投下

古者諸侯分國而治天子命卿之外大夫士以下其君皆得而命之今制郡縣之官皆受命于朝廷惟諸王邑司與其所受賜湯沐之地得自舉人然必以名

聞諸朝廷而後授職不得通于他官蓋慎之也

封贈

三先中追贈之至惟一二勳舊之家以特恩見褒雖略有成例未行也至大初始行定制課忠責孝之意備矣其沿革著于篇

承蔭

聖王之制賞延于世是以國家有承蔭之法辨嫡庶謹嗣續推恩致儆之法意備焉

臣事

維我祖宗聖德神功至盛極大如天地之不可計度如日月之不可繪畫聖上詔脩此書實以顯謨承烈爲重然求事蹟于吏牘則文繫者不足以得其旨意事簡者又不足以見其始末于是神聖思慮之精微誥訓之詳委攻取之機略法令之制作幾不得其什一焉以爲宗藩大臣中外文武百僚有近侍帷幄遠將使旨內議典則外授征討或各有所授而傳焉因得以考其續餘之所在故從而求之期月之間其以書來告者既取其大係諸聖典而其事有不可棄遺

者著臣事之篇

賦典總序

傳曰有德此有人有人此有土有土此有財有財此有用茲古今不易之論也粤若皇元肇基朔方神功大業混一華夏好生之仁如天地無不覆載此聖德之昭著也今賦典之目有曰版籍戶口八紘萬國文軌攸同總總林林重譯歸化此有人也曰都邑曰經理始自達邦設都分疆畫界置郡邑以聚烝民經田野以均稅役次而大封同姓以厚親親之義此有土

也曰農桑曰賦稅曰鈔法曰海運曰金銀珠玉曰銅鐵鉛錫曰鹽法曰茶法曰酒課曰商稅曰市舶均其貢賦遷其有無穀貨流通富民利國此有財也曰宗親歲賜曰百官俸秩曰公用錢曰常平義倉曰惠民藥局曰市糴糧草曰賑糶賑貸曰恤惠鰥寡歲有經費制之以節出納稽會有司具焉此有用也於呼我祖宗創業守成艱難勤儉亦豈易言哉大率以脩德爲立國之基以養民爲生財之本布諸方策昭示後裔以垂憲萬世者寧有既乎

都邑

惟我太祖皇帝開創中土而大業既定世祖皇帝削平江南而大統始一輿地之廣古所未有遂分天下爲十一省以山東西河北之地爲腹裏隷都省餘則行中書省治之下則以宣慰司轄路路轄府州若縣星羅棊布粲然有條至元間嘗命秘書少監虞應龍等脩大一統志書在官府可考焉若夫地名沿革之有異城邑建置之不常歸附之期設官之所皆必有徵所以紀疆理之大彰王化之遠也猗歟大哉

附錄 安南

我國家始定雲南卽出師取安南事見征伐篇及其來朝事見朝貢遣使等篇今黎崱所撰安南志略沿革地理山川物産風俗略備取以著此篇其封爵有王侯官稱有御史輿服法令之類僭擬于天朝朝廷寬仁待以遠人而闊略之而不可載于此故不書

版籍

洪惟我太祖皇帝龍飛朔方開天建極以生民爲心繼惟太宗皇帝纂承天緒迨歲甲午滅金于蔡明年

乙未始下詔籍民數時方兵革之餘自燕京順天等三十餘路得戶八十餘萬屢勅撫民之官勞來安集增羨者賞逃亡者罰歲壬子欲驗戶口登耗復下詔籍之視乙未之數增二十餘萬戶欽惟世祖皇帝其仁如天世治時雍黎民丕變至元七年有司請大比民數復增三十餘萬戶十一年上命丞相伯顏伐宋諭之曰昔曹彬不嗜殺人一舉而江南元汝其體朕心法彬事毋使吾赤子橫罹鋒刃聖人如天之仁于茲見矣迨南北混一越十有五年再新亡宋版籍又

得一千一百八十四萬八百餘戶南北之戶總書于冊者計一千三百一十九萬六千二百有六口五千八百八十三萬四千七百一十有一而其山澤溪洞之民又不與焉上視漢唐極盛之數無以加此夫天地之道生生不息推之以祖宗厚澤深仁洪昌繁衍聿有以隆我皇元萬世無疆之丕基

經理

履畝而稅者亦田制之一法也故有國家者必善治之則人不擾而賦有恒否則未見其利也夫民間强

者田多而稅少弱者產去而稅存固在所當治也延祐初章閭倡經理之議期限猝迫貪刻竝用官府震動人不聊生富民黠吏竝緣爲姦盜賊竝起田萊荒蕪其弊有甚于在前者至降明詔以撫慰之而後定故才臣計吏之有欲爲者可不熟慮而愼行之哉

農桑

農桑者王政之本也可不重哉我世祖皇帝從左丞張文謙之請立司農官頒農政化天下以敦本就實之道老者得其所養少者有以自力敎之蓄積之方

申之學校之義牧民之官法其勤惰風紀之司嚴其體察歲終以爲殿最其法可謂至矣迨夫列聖相承綸音誕布必諄諄以勸農爲言皆所以爲生民之命而開太平之基者也今悉著于篇

賦稅　稅糧

太宗皇帝詔有曰依倣唐租庸調之法其地稅量土地之宜大朝開創之始務從寛大此丙申歲詔旨之節文也世祖皇帝至元十七年申明舊制而加密焉則送納之期收受之式封完之禁會計之法于是乎

大備矣

賦稅 夏稅

成宗皇帝時丞相完澤等以江南科稅之未有定例也于是叅稽亡宋之制定夏秋二稅則輸以本綿布絹絲綿等物秋止徵其糧稅視其糧以爲差或一石輸稅三貫二貫一貫或一貫五百文一貫七百文因其地利之宜人民之衆酌其中數而取之葢經久之道也然稅隨地出有産去而稅存者貧弱或不給焉守土之吏可不體其立法之意也哉

賦稅 稅差

國家之得中原也納差之名有二曰絲料曰包銀各驗其戶而上下科取之中統建元以來始有定制歲終中書則會計其出入總數而奏焉年穀不登則有減免之恩所以息民力也及得江南其制益廣國家殷富人物阜康則王者輕徭薄賦之効焉

海運

惟我世祖皇帝至元十二年既平宋始運江南糧以河運弗便至元十九年用丞相伯顔言初通海道漕

運抵直沽以達京城立運糧萬戶府三以南人朱清張瑄羅璧爲之初歲運四萬餘石後累增及二百萬石今增至三百餘萬石春夏分二運至舟行風信有時自浙西不旬日而達于京師內外官府大小吏士至于細民無不仰給于此於戲世祖之德淮安王之功建今五十餘年裕民之澤曷窮極焉

鈔法

世祖皇帝中統元年七月創造通行交鈔以絲爲本以革諸路行用鈔法之弊也行用鈔之法又牘莫稽

交鈔則以銀五十兩易絲鈔一千兩是年十月又印造諸路通行中統元寶每一貫同交鈔一兩兩貫同白銀一兩又以文綾織爲中統銀貨每一兩同白銀一兩而銀貨未及行焉印造支發歲有經數用久而弊者則赴官換易除以工墨稱物貨之平通貿易之便爲利博矣其法之弊也鈔輕而物重子毋不能相權故至元尚書省折以中統之五倍至大尚書省又折以至元之五倍每加愈重而中統至元之相兼迄于今而見用其可稽者皆錄焉

附錄 錢法

周禮九府圜法其來尚矣聖朝造交鈔寶鈔以權錢鈔有錢文銅有禁法是世祖皇帝有意于圜法久矣特未遑鼓鑄流通耳至大二年詔有司行用銅錢四年詔罷之錢雖不行而議者甚衆間有論辯確至隨章具錄以備舉行雖然資世之寶廢興亦有數存乎其間云

金銀珠玉銅鐵鉛錫礬鹻竹木等課

山林川澤之產皆天地自然之利也可以富國而或

以病民我國家皆因土人呈獻願輸之課其多者不盡收其少者不强取故享其利于莫窮焉凡州郡所入之數登於王府爲國經賦者則載之而好功興利之徒時立說以自售其事之虛實言之用否則在朝廷也

鹽法

國初以酒醋鹽稅河泊金銀鐵冶取課于民歲定白銀萬定六色均辦之太宗皇帝歲庚寅始行鹽法立河間山東平陽四川課稅所四每鹽一引須重四百

斤其價銀一十兩世祖皇帝中統二年減銀爲七兩至元十三年旣取宋立兩淮兩浙福建運司三每引改中統鈔九貫二十六年增爲五十貫凡天下總設運司七分辦歲課然難易各不同有因自凝結而取者解池之課鹽也有煑海而後成者河間山東兩淮兩浙福建之末鹽也惟四川之鹽出于井深者數百尺汲水煑之井亦多不同往往在萬山之中解鹽之外工力勞費竈戶猾弊調額漸增本末均困此其難者也元貞丙申每引增課鈔爲六十五貫至大已酉

至延祐乙卯七年之間累增爲一百五十貫泰定乙丑減去二十五貫天曆巳巳復增爲一百五十貫凡今天下歲辦正餘鹽以引計者二百五十六萬四千有奇以課鈔計者歲入之數七百六十六萬一千餘定億視中統至元之數已增幾二十倍矣然而國用益不給何哉司財用者不可不察也

茶法

皇朝至元六年始以興元交鈔同知運使白賡言初榷成都茶課十三年江南平左丞呂文煥首以主茶

稅爲言以宋會五十貫準中統鈔一貫次年定長引短引是歲征一千二百餘定十七年置榷茶都轉運使司于江州路總江淮荆湖福廣之稅而遂除長引專用短引二十一年免食茶稅以益正稅二十三年以李起南言增引稅爲五貫二十六年丞相桑哥增爲一十貫延祐五年用江西茶運副法忽魯丁言減引添錢每引再增爲一十二兩五錢次年課額遂增爲二十八萬九千二百餘定逮天曆巳巳罷逮司而歸諸州縣按茶之榷始于唐德宗宋遂爲國賦額今

國家茶課由約而博原委有自云

酒醋

國初有徵收課稅所而州縣酒醋悉隸後大都則立酒課提舉司外而路府州縣皆著課額爲國賦之其利亦云厚矣

商稅

國家始得中原賦諸民者未有定制歲甲午始立徵收課稅所以徵商賈之稅初無定額至元七年立法始以三十分取一每歲隨路通收稅課以銀四萬五

千定爲額禁毋多取以紓民力建二十六年桑哥爲丞相遂重增其稅自是以來漸以增益視其初倍蓰十百不侔矣

市舶

皇朝平定江南幅員既廣貢賦益夥于是泉州上海澉浦溫州慶元廣東杭州鄰海諸郡與遠夷蕃民往復互易舶貨因宋制細物十分而取一麄物十五分而取一以市舶官主之其發舶其回帆必著其所至之地驗其所博之物給以公文爲之期日而所入之

貨嘗以萬計其法至詳密矣或者以損中國無用之貨貿易遠方難制之物爲說而不思夫國家聲教綏懷無遠不及之效孰謂知所當寶者哉

宗親歲賜

國朝諸宗戚勳臣食菜分地凡路府州縣得薦其私人以爲監秩祿受命如王官而不得以歲月通選調其賦則每五戶出絲一斤不得私徵之皆諭諸有司之府視所當得之數而給予之其歲賜則銀幣各有差始定于太宗之時而增于憲宗之日其文牘可稽

也至世祖平定江南各益以民戶時料差未定皆折支以鈔而成廟復加賜焉於戲大統有宗而事權不紊分支有則而恩澤不遺規摹宏遠哉

俸秩

國初在官未置祿秩至世祖皇帝中統建元始著給祿之令內而朝臣百司外而路府州縣微而府史胥徒莫不有祿大德中以外有司之有職田也故益之以米焉朝廷之歲費重矣而官吏之奉職者可不思所以報稱之哉

公用錢

在官者月給廩祿亦旣周矣而隨朝諸大夫多貴官時有賀上燕集交好之禮取俸給以備用則吏屬多不給廼賜之錢使得貸諸人入其子息以給其用自至大二年始賜左右司六部後諸司援例以請者皆須賜焉多寡無定制云

常平義倉

國朝自至元六年詔立義倉于鄉社又置常平倉于路府使饑不損民豐不傷農粟直不低昂而民無菜

色誠救荒之良法也今名雖存而實廢焉申明舉行則在乎人耳

惠民藥局

聖朝自太宗皇帝九年丁酉始立惠民藥局自燕京至南京凡一十路逮大德三年詔各路分置之官給鈔本各有差月營子錢脩備藥物仍擇良醫主典救療貧民俾無疾痛之患大哉列聖大德好生之心無所不用其極

市糴糧草

夫食者民之所急故八政以食爲先况邉庭所需軍儲尤不可一日闕者自中統二年省臣奉旨命户部發鈔或鹽引令有司增其市直于上都北京西京等處募客旅和糴糧以供軍需以待歉年歲以爲常又在京飼馬之芻惟用河間鹽令有司以五月預給京畿郡縣之民至秋成各驗鹽數以輸之名曰鹽折草每鹽二斤折草一束須重一十斤計歲用草八百萬束折鹽四萬引此國家市糴之大略也

蠲免　恩免差稅

古者府藏有積乃與民休息或復其租我朝治底隆平時因慶遇或行幸所過恒賜差稅由是密邇如大興開平興和畿內諸縣賦稅屢免垂白之老不識公吏熙熙陶陶咸樂太平之世吁亦盛矣

蠲免　災傷免差稅

民者國之本賦者民之力我國家常以薄稅斂寬督責思與民同樂乎雍熙故于耕也勸其惰勞其勤惟恐民之不足或有災沴詔書迭下除其賦稅以優民力俾無流移之患曰徯有年皆吾皇之賜也

賑貸 京師賑糶糧紅帖糧

京師乃天下之都會人物繁輳逐末者多仰給海運糧至元二十二年兩城設鋪分遣官吏下其市直賑糶歲以爲常間爲豪强嗜利之徒巧取弗能周及貧民大德五年省臣奏旨令有司取會兩城貧乏之戶之數置立半印號簿文帖各書其姓名戶數逐月對帖以給之其視賑糶之價三分常減去其一名曰紅帖糧遂與賑糶竝行焉

賑貸 各處災傷賑濟

周禮救荒之政十有二凶荒凶札皆有蓄積以備不虞漢高就食之令文帝發倉之政亦其次也我國家每下詔必以鰥寡孤獨不能自存爲念特加優卹官爲廩贍或不幸而遇水旱蟲螟之災即遣使存問安撫戒飭官吏廩粟庫幣不吝其出凡在民者閉糴者罪出粟者官視之如赤子惟恐有凍餒焉斯民何其幸也

元文類卷之四十

傳古樓景印